Kurzes Solo

Bibliografische Information der Deutschen Nationalbibliothek:
Die Deutsche Nationalbibliothek verzeichnet diese Publikation
in der Deutschen Nationalbibliografie; detaillierte bibliografische
Daten sind im Internet über dnb.dnb.de abrufbar.

Verlag: BoD · Books on Demand GmbH, In de Tarpen 42,
22848 Norderstedt, bod@bod.de
Druck: Libri Plureos GmbH, Friedensallee 273,
22763 Hamburg

ISBN: 978-3-7693-5512-3

Widmung

Der tapfersten Fledermaus

Inhaltsverzeichnis

Vorwort

Zurück

Überlast

Abwicklung

Die Tür

Spurwechsel

Doppelgrab

Kloster

Bobby

Lifestyle

Krebs

Kurt mit Ballade

Nachwort

Vorwort: Was bedeutet Einsamkeit?

Den Titel habe ich - natürlich - in veränderter Form Erich Kästners Gedicht „Kleines Solo" entliehen. Dieses und Hermann Hesses „Im Nebel" sind für mich die beiden Kurzwerke, die Einsamkeit am besten ausdrücken - und ganz abgesehen davon sind beide Männer großartige Poeten gewesen, vor denen ich an dieser Stelle noch einmal meinen Hut ziehen möchte.

Im Gegensatz zum Alleinsein, das durchaus angenehm sein kann, ist Einsamkeit unfreiwillig und qualvoll. Sie nagt an der Seele, zerfrisst sie, höhlt sie aus, manchmal beinahe unmerklich, manchmal in zorniger Raserei. Sie kann aus dem physischen Alleinsein entstehen, aber auch mitten unter Menschen. In unserer Zeit vor allem mitten unter virtuellen Menschen. Denn, so scheint es, je vernetzter wir werden, desto schwerer fällt es uns, reale tiefere Kontakte zu knüpfen und zu erhalten. Kaum ein Jahr, in dem die Zahl Einsamer - jung wie alt - nicht erneut gestiegen ist, ein Ende scheint nicht in Sicht. Der Plausch an Bankschalter oder Kasse weicht Onlinekonto und Selbstbedienungskasse. Der Verein dem Podcast-Abo, die Stammkneipe Netflix. Mit sozialen Situationen im Real Life konfrontiert, fühlen sich viele von uns verunsichert und überfordert.

Das ist umso tragischer, bedenkt man, welche Auswirkungen lange Einsamkeit hat - physischer und psychischer Natur. Diese Geschichtensammlung dreht sich lose um Einsamkeit - auch Einsamkeit, die nicht direkt als solche erkannt wird - und die Kerben, die sie in menschliche Gemüter zu schlagen vermag. Eine Warnung gilt daher sensiblen Geistern: Es wird bisweilen (sehr) traurig. Daher auch eine kurze Content Note:

Tod, Tod eines Kindes, Suizid, Gewalt

9

In **Zurück**

... ist die Heimkehr ins Alleinsein ein unerwarteter Kulturschock.

In **Überlast**

... resultieren aus Erschöpfung ein fataler Fehler und eine einsame Entscheidung.

In **Abwicklung**

... gerät der letzte Rückblick einsam.

In **Die Tür**

... bietet ein ungewöhnliches Objekt Linderung der Einsamkeit.

In **Spurwechsel**

... entwickelt sich Einsamkeit aus tiefer Trauer und das Scheitern der Verarbeitung in einer Katastrophe.

In **Doppelgrab**

... gelingt es, der Einsamkeit zu entfliehen - mit aller Konsequenz.

In **Kloster**

... findet sich Erlösung von der Einsamkeit, doch zu einem hohen Preis.

In **Bobby**

... führt Einsamkeit zur Auseinandersetzung mit den fünf Phasen des Sterbens.

In **Lifestyle**

... ist einzig eine ungewöhnliche Vorliebe Trost in der Einsamkeit.

In **Krebs**

... gipfelt einsam erlittenes Leid in einem drastischen Entschluss.

In **Kurt mit Ballade**

... ist das Innere des eigenen Kopfes plötzlich weniger einsam - mit verhängnisvollen Folgen.

Zurück

Wieder da, Heimat - fremd geworden in drei Wochen. Warum fühle ich mich im Bambusbungalow mit Gemeinschaftsklo, unter Palmen am Pazifik, schneller zuhause als hier, wo ich jeden Krümel kenne? Kalt ist's.

Nach Hause, dröhnende Kopfschmerzen, Gänsehaut. Wo sind die Palmen jetzt? Vertraute Straße – was gäbe ich jetzt für ein stinkendes Túk-Túk. Im Wohnzimmer amputierte Muscheln vor Alltagsteppich, Windspiele sollten daraus werden, ein bisschen Meer und Urlaubsgefühl in meine kleine Wohnung transportieren. Etwas von der Leichtigkeit und Zeitlosigkeit der lieben Menschen, die ich in der Ferne kennengelernt habe, in mein Heim holen. Stattdessen finde ich eine Ausrede vor mir selbst und verstecke mich so lange auf der Toilette, wie es geht. „Don`t worry, be happy!" in meinen Erinnerungen, während mir heimlich schon die ersten Tränen über die Wangen rinnen.

Mitbringsel auspacken, Verwandte und Freunde anrufen, ja, gut angekommen, alles schnell hinter sich bringen und eigentlich das Gegenteil wünschen. Wollte ich nicht unheimlich viel erzählen? All die Eindrücke aus mir heraussprudeln lassen? Der erste Urlaub ohne Eltern, das erste Mal außerhalb Europas, kein Internet, kein Sicherheitsnetz. Toll, anstrengend, anders, krass … Ich fühle mich leer, friere immer noch. War ich da wirklich? Ich glaub's jetzt schon nicht mehr. Es scheint bereits Monate, Jahre zurückzuliegen, blass, distanziert, ich selbst ohne Gefühl, bloß vage Trauer. Hier bin ich

13

auch noch nicht. Ein Tag ist genug, um eine solche Strecke mit dem Flugzeug zurückzulegen, doch die Emotionen haben sie noch nicht überbrückt.

Meine Wohnung erscheint mir verzerrt, gleichzeitig zu klein und zu groß. Endlich gehen alle schlafen, eins nach dem anderen werden die erleuchteten Fenster schwarz, das Treppenhaus still. Ich bleibe allein vor dem Fernseher zurück. Komisches Gefühl nach drei Wochen Zweisamkeit, immer ein wenig angespannt, immer etwas zu tun, immer weiter, nirgendwo lange bleiben. Tun sollte ich hier eigentlich auch einiges. Schon mal Wäsche waschen vielleicht? Zur Ablenkung ein kalter Raucherspaziergang im Wie Immer. Der überraschende Schmerz des wieder hier Seins lässt nicht nach, und die Sehnsucht schnürt mir die Kehle zu. Wonach eigentlich? Ich stopfe Dutyfree-Pralinen in mich hinein, kein Essen aus Hunger mehr, erschöpft von Hitze, Fußmarsch und tausend fremden Eindrücken, bloß Zucker gegen Frust. Das hübsche Armband ist schon ab, der kleine Elefant an der Kette bleibt noch um den Hals, ich will ihn noch nicht hergeben. Zugegeben, ein hilfloser Versuch, ein winziges Stückchen Freiheit bei mir zu behalten.

Das Umziehen hat symbolischen Wert, das leichte, beige Baumwollhemd gegen schwarzen Samt getauscht. Die letzten Spuren weggeduscht, Bangkoker Staub läuft unaufhaltsam dem Abfluss entgegen. Die schöne, kniende Tänzerin-Figur aus Chiang Mai an mich gepresst sitze ich im Dachzimmer unter Sternen - ob sie mir hilft, mich endlich wieder heimisch zu fühlen? Stattdessen wirkt sie auf der Fensterbank wie eine Scherbe, ein Stück von etwas Zerbrochenem. Eigentlich sollte sie den tristen Raum ein wenig bezaubern, nun ist es umgekehrt, die Grauheit hat sie angesteckt. Es ist vorbei.

Überlast

Er konnte sich nicht daran erinnern, je so müde gewesen zu sein. Nein, das stimmte nicht. Letzte Woche. Und die Woche davor. Andreas widerstand dem Bedürfnis, den Kopf an die Plexiglasscheibe vor ihm zu lehnen, hinter der endlose Zahlenreihen und zuckende Graphen vorbeirannen. Warum hatte ausgerechnet heute, ausgerechnet in der ohnehin schon angespannten Situation auch noch dieser Test stattfinden müssen? Natürlich kannte er die Antwort: Seit dem letzten Vorfall waren engmaschigere Kontrollen vorgeschrieben. Nicht genug, damit es für echte Sicherheit reichte, aber es sollte ja auch nur so aussehen. Sonst hätten sie mehr Personal eingestellt.

Zum hundertsten Mal warf Andreas einen Blick auf die Uhr – vor zwei Stunden hätte er Feierabend gehabt, doch der Gesichtsausdruck des Schichtleiters hatte ihn eines Besseren belehrt. Frank lag mit Corona im Bett und Ahmet mit irgendeinem Magen-Darm-Gedöns, also würde er noch zwei weitere Stunden durchstehen müssen.

In Andreas' Tasche summte das Handy, aber obwohl niemand hinsah, ließ er es, wo es war. Er wusste sowieso, was er hören würde, dass Natalie weinen würde, und ebenso gut, dass er es nicht würde ändern können. Plötzlich war er dankbar für die Müdigkeit, die das bohrende Schuldgefühl zu einem dumpfen Pochen degradierte. Es vibrierte ein zweites Mal. Natalie nervte.

Manchmal hätte er sie am liebsten angeschrien. Manchmal schrie er sie tatsächlich an. Dabei wusste Andreas, dass sie nichts dafür konnte. Die Kleine hatte Koliken und wand sich die halbe Nacht vor Schmerzen, die Große zahnte immer noch. Wenn er heimkam, sah er Natalies Erschöpfung, den Pullover voller Babykotze, oft rot geweinte Augen, Ringe darunter, in denen ein Satz Winterreifen Platz gefunden hätte. Es gab Tage, an denen er sich einen der greinenden Knirpse schnappte und summend mit ihm durch die Wohnung wanderte, bis er endlich schlief. An anderen ließ sich Andreas wortlos aufs Sofa fallen und drehte den Fernseher lauter, um das Gebrüll zu übertönen. Heute würde so ein Tag werden. Nein, würde er einfach nur noch ins Bett sinken. Kurz schloss er die Augen und genoss die Dunkelheit. Normalerweise hätte in dem großen Raum ein ständiges Kommen und Gehen geherrscht, doch heute würde niemand merken, wenn er sich ein paar Sekunden ausruhte.

Das Piepen riss Andreas aus einem absonderlichen Traum, in dem seine Tochter gigantisch war und all die Rohre, all die Tanks mit riesigen Bauklötzen zerstörte. Verschlafen versuchte er, das Geräusch zuzuordnen, das verschwommene Ding vor seinem Gesicht zu erkennen. Ahja, Display. Test. Einer von über hundert diesen Monat, weil sie mit den gesetzlich vorgeschriebenen Sicherheitsprotokollen schon wieder im Rückstand waren. Überprüfung der Stabilität unter Überlast bei äußerlich unauffälligen Rohren. Leitungen 240-264, das hier war die letzte.

Andreas seufzte tief – wenn das Ding sauber durchging, wäre er in anderthalb Stunden endlich hier raus. Immerhin, bislang sah es gut aus. Während der Druck stetig zunahm, stieg auch die Linie für den Durchlauf konstant, nicht einmal ein Zucken war zu erkennen. Alle zehn Abschnitte der Leitung wurden einzeln dargestellt, neben der Linie zeigte ihm ein erfreuliches Grün, dass bald alles vorbei war. Er lehnte sich zurück und versuchte zu entspannen. Auf dem Display am leeren Nachbarplatz lief ein weiterer Test für eine zweite Leitung, aber auf der lag im Betrieb bloß CO_2 an, also blickte er nur ab und zu rüber. Trotzdem hätte ihn laut Protokoll natürlich eine eigene Person beaufsichtigen müssen – und später würde selbstverständlich einer der Kollegen seinen Otto daruntersetzen. Aber wichtig war nur dieses Rohr, eins von denen mit besonderer Gefahrenkennzeichnung, weil normalerweise Toluol durchfloss. Hochentzündlich.

Zuhause würde er Natalie wenigstens noch einen Kuss geben, bevor's in die Falle ging, beschloss Andreas erschöpft. Plötzlich ein rotes Aufblitzen im Augenwinkel. Er blinzelte hektisch, seine Lider brannten. War das gerade wirklich passiert? Unmittelbar schoss Adrenalin durch seine Adern und erzeugte so viel Wachheit, wie gerade eben möglich war. Andreas fixierte das Display oder versuchte es wenigstens, denn ob der abrupten Bewegung hatte ihn leichter Schwindel ergriffen. Grün. Alles war grün. Gut. Sein Blick wanderte zu den Linien hinauf. Scheiße. Da war ein Ausreißer - kein kleiner. Zwar nur einzeln, aber spitz, steil, bedrohlich – das sah nicht wie ein Messfehler aus. Und die Linie dahinter verlief eindeutig flacher, da ging irgendwo Druck verloren. Oder war das noch im akzeptablen Bereich? Er war sich nicht sicher, obwohl er die Werte sonst in- und auswendig kannte. Zusammen allerdings zweifelsohne beunruhigend genug, um nicht nur einen Vermerk im Bericht, sondern einen kleinen Alarm wert zu sein. Normalerweise wäre das automatisch passiert, wenn der Toleranzwert so weit überschritten war, aber das Programm, das dafür hätte sorgen sollen, warf seit Wochen nur Fehler aus. Er hatte es gemeldet, doch in der IT-Abteilung fehlten genauso viele Leute wie bei ihnen. Der Schichtleiter hatte nur müde den Kopf geschüttelt – irgendwann würde es ganz sicher repariert werden.

Wenn die Chefetage wenigstens auf sie hören würde! Aber das waren alles keine Ingenieure, diese Konzernheinis, die hatten immer bloß ihre Zahlen im Kopf, nichts als Gewinnmaximierung. Dabei waren sie schon mindestens ein, zwei Mal haarscharf an einer Katastrophe vorbeigeschrappt. Ahmet hatte ihm vor ein paar Monaten erzählt, dass er einen kritischen Fehler im Überwachungssystem entdeckt habe: Liefen zwei oder mehr Alarme und ein Update gleichzeitig, ließen sich die Ventile vom Kontrollraum aus nicht mehr schließen – nur noch manuell vor Ort. Irgendein Softwareproblem, er wusste es nicht und Andreas hatte ebenfalls keine Ahnung von dem Zeug. Aber die da oben hatten bloß abgewinkt. „Kommt auf die Liste." Klar.

Druckabfall. Ein solcher Alarm bedeutete normalerweise, dass es ein Leck gab. Aber dann verschwand der nicht einfach wieder. Was war da los? Wahrscheinlich war der Messfühler defekt. Sie hatten ständig mit defekten Messfühlern zu tun, billige Ersatzware aus Fernost, die ihnen das Leben schwer machte. Andreas rührte sich immer noch nicht. Spürte seine Glieder wie Blei, seinen Kopf vakuumleer. Der Test war in wenigen Minuten beendet und er starrte wie hypnotisiert auf die Linie. In Zeitlupe wurde sie nach rechts geschoben, dem Ende des Monitors entgegen. Er musste etwas tun! Geh. Melde das. Du kommst in Teufels Küche!

Er schaffte es nicht. Es gelang ihm einfach nicht. Stattdessen sah er sich selbst zu, wie er mechanisch den Test-Bogen ausfüllte und ausdruckte, einen Strich durch das Feld „besondere Vorkommnisse" zog, die letzten Handgriffe tat, dem Schichtleiter zunickte und ging. Sein Kopf war leer, im Auto zappelte er gegen die Müdigkeit an. Er sah einen Wagen am Straßenrand stehen, daneben Warndreieck und ein ratloser Mann. Doch obwohl er ein Abschleppseil im Heck hatte, obwohl er sich immer für jemanden gehalten hatte, der helfen würde, fuhr er vorbei. Die Vorstellung, jetzt noch einmal aussteigen, reden und Dinge tun zu müssen, war zu viel.

An der Kreuzung vor seiner Straße stieg Andreas in die Eisen, weil er glaubte, eine Katze auf der Fahrbahn zu sehen, doch es erwies sich bloß als Plastiktüte. Natalie sah verheult aus und redete ohne Unterlass. Er wusste, dass sie erzählen musste, dass sie den ganzen Tag allein gewesen war, doch er musste die Hände in den rauen Hosenstoff krallen, um sie nicht anzufahren. Ich bin ein Arschloch, dachte Andreas bei sich, und blieb stumm. Sie hatte gekocht, es roch gut, aber er wollte nichts essen, bloß schlafen. Ohne auch nur die Zähne zu putzen, schälte er sich aus den Klamotten, kroch ins Bett und war eingeschlafen, bevor sein Kopf das Kissen berührte.

Als der Wecker klingelte, hatte Andreas minutenlang Mühe, den richtigen Knopf zu finden. Sechs Stunden, doch es kam ihm vor, als habe er sich gerade erst hingelegt. Benommen aß er, was Natalie vor ihn stellte, sah hoch in ihre traurigen Augen und blickte lieber wieder in sein Rührei. Auf Arbeit ging es nach dem dritten Kaffee einigermaßen. Heute waren sie immerhin zu zweit und das kleine Radio dudelte. Eigentlich war so etwas aus Sicherheitsgründen in diesem Raum verboten, aber der Schichtleiter drückte ein Auge zu. Gerade stimmte Udo Jürgens passenderweise „Ich war noch niemals in New York" an und Andreas ergriff einmal mehr das schon fast zwanghafte Bedürfnis, fortzulaufen. Irgendwohin, wo ihn niemand kannte, wo niemand etwas von ihm wollte und niemand sich für interessierte. Wo er sich ausruhen konnte und schlafen, sehr viel schlafen. Das schlechte Gewissen folgte unmittelbar. Wie konnte er so etwas denken! Er hatte so viel Glück, eine Frau, die ihn liebte, zwei gesunde Kinder und als Anlagenmechaniker einen guten Job. Natürlich, die Bezahlung hätte besser sein können, die Firma hatte den Druck auf ihre Branche genutzt, um sie untertariflich zu entlohnen, und er konnte sich keinen noch weiteren Anfahrtsweg leisten. Aber auch darüber durfte er sich kaum beschweren, im Vergleich zu den Rumänen, die sie als Leiharbeiter hier hatten, ging es ihm richtig gut. Er war einfach undankbar.

Spätestens nach der Mittagspause musste er wieder kämpfen, um auch nur die Augen offenzuhalten. Ob er wohl heute würde früher gehen können? Die übrigen Tests waren eigentlich nur Routine und er hätte sich entspannen können – wäre ihm nicht dieser eine verdammte Ausschlag ständig durch den Kopf gegeistert. Herrgott, Andreas, reiß dich zusammen, so was passiert doch ständig! Das war zwar nicht falsch, denn bei der Menge an Vorschriften und dünnen Personaldecke mogelten sie notgedrungen oft irgendwo. Ging gar nicht anders. Aber nicht bei so etwas, nicht bei Sachen, die einem um die Ohren fliegen konnten. Alle Selbstberuhigung half nicht, die Angelegenheit trieb ihn um. Er musste es einfach irgendwie in den Bericht schmuggeln. Nein, unmöglich, der war längst gespeichert, man würde sehen, dass er später noch etwas daran geändert hatte, wie sollte er das erklären? Scheiß-Computer. Früher, als er angefangen hatte, hätte er so ein Formular auch einfach mal verschwinden lassen können und dann eben von nichts wissen, wenn es jemandem auffiel. Oder neu machen. Aber nein, nun musste es anders gehen. Wenn das Rohr das nächste Mal in Gebrauch war und er den Monitor hatte, könnte er behaupten, etwas entdeckt zu haben. Aber dann würden sie die Aufzeichnungen prüfen und sehen, dass da nichts war. Wobei, wenn da nichts war, war ja auch wieder alles okay, oder? Bestenfalls würde man ihn für ein bisschen überspannt und müde halten. Was er ja auch war. Doch, das klang wie ein guter Plan.

„Sach mal, wann läuft die 264 eigentlich das nächste Mal?"

Sein Schichtleiter sah kurz verdutzt aus.

„Ach, nur wegen des Tests gestern."

Das machte zwar keinen Sinn, hörte sich aber offenbar plausibel genug an, um ein Nicken hervorzurufen.

„Ach, die lief heut morgen schon auf halber Last. Voll komisch, hat zwischendurch richtig fett ausgezuckt. Wir haben's ignoriert, war vermutlich ein Messfehler, alles andere wäre ja gestern schon aufgefallen."

Andreas merkte, wie ihm der Schweiß ausbrach. Wieso war das Ding denn jetzt schon wieder in Betrieb? Wie konnte das sein? Es hätte doch frühestens nächsten Monat laufen dürfen! Und wieso ignorierten die Deppen denn die verdammte Warnung?! Weil sie sich darauf verließen, dass er gestern sauber getestet hatte. Weil sie alle genauso überarbeitet waren wie er selbst. Er musste es sagen! Aber was denn sagen? Dass er bewusst eine sicherheitsrelevante Messung ignoriert und den eigentlich folgenden Alarm unterschlagen hatte? Dann würden sie kaum noch eine Wahl haben, als ihn rauszuschmeißen, Personalmangel hin oder her. Er dachte an Natalie und die beiden Mädels. Nein, das ging nicht, er musste eine andere Lösung finden. Immerhin würde er nun wochenlang Zeit haben, darüber nachzudenken.

Andreas versuchte, sich zu beruhigen – er würde das schon hinkriegen. Irgendwie. Doch während er weiterarbeitete, nagte es an ihm, erlaubte ihm kaum, einen klaren Gedanken zu fassen. Gleich zwei Mal hätte er beinahe das falsche Ventil geöffnet, beim ersten Mal merkte er es noch selbst, beim zweiten Mal schrak er erst beim Warnton auf. Ahmet, zwei Plätze weiter, warf ihm einen kurzen, skeptischen Blick zu. Andreas wusste, dass er sich dringend zusammenreißen musste – irgendwann würden solche Fehler ernsthafte Konsequenzen haben, denn das Vier-Augen-Prinzip galt schon seit Langem nur noch auf dem Papier. Nicht einmal auf dem Heimweg und ebenso wenig zuhause wurde es besser. Abwesend hörte er Natalies Bericht über ihren Tag zu, abwesend streichelte er das heiße Köpfchen der fiebernden Kleinen, abwesend aß er – was hatte er eigentlich gegessen? Sein Körper schrie förmlich nach Schlaf, doch kaum fand er sich endlich im Bett wieder, wälzte er sich, bis er das Gefühl hatte, auf keiner Seite mehr liegen zu können. Er musste die Sache klären, unbedingt. Er war zu müde, um fähig zu sein, sich auszumalen, was exakt die gravierendsten Konsequenzen wären, doch der Klumpen in seinem Magen ließ ihn erahnen, dass etwas wirklich Schlimmes passieren könnte.

Als er am nächsten Morgen zur Arbeit fuhr, fühlte sich Andreas vollkommen zerschlagen. Er fror, hatte sägende Kopfschmerzen und fragte sich, ob nicht doch eine Grippe im Anmarsch war. Nur noch mechanisch vermochte er auf Verkehrssignale zu reagieren, stand dann minutenlang auf dem Parkplatz, unfähig, sich aufzuraffen und auszusteigen. Als es gelang, half die kalte Luft, auch noch den Weg ins Gebäude zu bestreiten, doch er wusste – so ging es nicht weiter. Die ersten Minuten am Arbeitsplatz nutzte er, um sich zu sammeln, die Aufgabenliste durchzugehen, das notwendige Update anzuwerfen und sich kurz durch die verschiedenen Leitungssysteme zu klicken. Bei der 264 stutzte er. Sie lief schon wieder unter Last, Volllast sogar. Wieso lief das Scheißding schon wieder?! Das konnte doch gar nicht wahr sein! Hektisch griff er nach dem Telefon und tippte mit bebenden Fingern die Durchwahl zu den Kollegen unten ein, erleichternd aufatmend, als jemand abhob. Warum war er überhaupt so nervös? Er wusste es nicht.

„Sagmal, warum läuft die 264 denn schon wieder?"

„Dir auch 'n guten Morgen.", kam es mürrisch zurück. „Irgendwas mit einer verzögerten Lieferung, die dringend über die Bühne muss, der Schubverband sollte wohl längst wieder in Nimwegen sein. Die sagen uns ja auch nix. Ist jedenfalls eilig, wir ham bis zum Anschlag aufgedreht. Wieso, ist irgendwas mit dem Ding?"

Jetzt. Jetzt musst du es sagen. Sag es! Andreas schwieg. Fand keinen Anfang, keine Sätze.

„Nee, schon ok, hab mich nur gewundert." – als sich der Kollege am anderen Ende schon ungeduldig räusperte.

Das schrille Piepen der getrennten Verbindung hallte in seinem Ohr. Warum in drei Teufels Namen hatte er schon wieder so eine Scheiße gebaut und die Situation nicht genutzt?! Was genau er hätte sagen sollen, fiel ihm jedoch auch im Nachhinein nicht ein. Andreas blickte sich um, als könne ihn jemand bei etwas Verbotenem erwischen, doch der Raum war leer. Unterbesetzt, wie sie immer waren, hatte heute wieder nur Ahmet mit ihm Schicht, und der hatte sich vor ein paar Minuten seiner Ansage nach zu einer „längeren Sitzung" verzogen. Hieß, er war scheißen – das konnte dauern. Einem Impuls folgend, rief Andreas den Gesamtplan der Raffinerie auf und scrollte sich durch, bis er sein Sorgenkind fand. Wo genau lief die 264 eigentlich lang?

Von der nächsten Sekunde an lief alles im Zeitraffer. Der erste Alarm erklang: Teilweiser Druckverlust auf der 264. Gleichzeitig entzifferte Andreas das Symbol für eine Bodengasfackel, keine zehn Meter von den Abschnitten acht und neun entfernt. Der zweite, dann der dritte Alarm sprang an, vollständiger Druckverlust auf der 264, Druckabfall auf zwei Folgeleitungen. Andreas spürte, wie sein Herz einen Moment lang stehenblieb und dann schlug wie ein Presslufthammer. Das war kein Leck mehr - wenn das stimmte, war das Rohr geplatzt oder gerissen, mindestens musste eine komplette Schweißnaht auseinandergeflogen sein. Und das würde heißen, dass das Toluol nun unkontrolliert mit voller Durchflussrate ausströmte. Direkt neben der Fackel. Panisch hämmerte er aufs Display, doch der freundlich ampelrot leuchtende Button, der das Ventil hätte schließen sollen, reagierte nicht. Der Softwarefehler! Sekundenlang starrte er nur mit vor Entsetzen zitternden Händen auf all die nutzlose Technik. Vielleicht brannte sie gar nicht? Nein - die war immer an. Er wusste es eigentlich, aber ... Toluol war schwerer als Luft, es würde sich lange am Boden sammeln und erst nach einiger Zeit die Fackelöffnung in mehreren Metern Höhe erreichen. Vielleicht war es noch nicht zu spät. Wäre es anders, würde wohl kaum solche Ruhe herrschen!

Andreas schubste den Drehstuhl beim Aufspringen so heftig von sich, dass der soeben durch die Tür tretende Ahmet einen erschrockenen Satz zur Seite machte. Doch er beachtete den Kollegen nicht. Stattdessen rannte Andreas, wie er noch nie zuvor in seinem Leben gerannt war. Höchstens das eine Mal in der Siebten, als er Sascha – seines Zeichens Klassensprecher und Klassenarschloch – auf dem Ascheplatz hatte beweisen wollen, dass er schneller war. Doch er war zu langsam, damals wie heute. Schaffte es aus dem Gebäude, sprintete mit brennender Lunge die Werksstraße entlang – der Luftstoß riss ihn einfach von den Füßen. Den Knall hörte Andreas nicht einmal mehr, nur, dass er plötzlich nichts mehr wahrnahm als ein helles, hohes Pfeifen. Die Verpuffung hingegen füllte für einen Wimpernschlag den ganzen Himmel aus, eine orange-rote Ausgeburt der Hölle, gleichzeitig so schön wie eine Blume. Ein brüllender Sonnenuntergang aus Grauen, dem dicker, opaker Qualm folgte, der als pechschwarze Masse gen Himmel stieg, dicht und fest wie aufgehäufte Schlagsahne. Andreas blickte hinauf, erstarrt in Fassungslosigkeit. Dann rannte jemand auf ihn zu, Wimpern und Brauen versengt, das rote Gesicht voll sich dunkel absetzender Rußstreifen. Er sah, dass der Laufende brüllte, doch in seinen Ohren war es nicht mehr als ein Flüstern.

„Es ist einfach hochgegangen, einfach explodiert! Die Männer, die sind ... die sind geflogen, ihre Arme, die haben keine Arme mehr, keinen Kopf!"

Der Mann warf ihm noch einen wilden Blick zu und stürmte dann weiter. Andreas rappelte sich robotergleich auf und ging ein paar wackelige Schritte. Seine Ellbogen waren aufgeschlagen, aber er registrierte es kaum. Die Luft war geschwängert vom scharfen Geruch nach verbrannten Reifen, während er Richtung Parkplatz tappte. Dort herrschte Chaos, Angestellte hatten sich versammelt, schrien oder weinten. Im Augenwinkel sah er dick eingepackte Gestalten der Feuerwehr, Sirenen zerrissen sekündlich die Luft. Andreas nahm nichts davon richtig wahr, setzte sich nur in den Wagen, Hände und Füße taten von selbst alles, was nötig war, um das Auto aus dem Trubel hinaus auf die Straße zu lenken. Eine Zeit lang fuhr er ziellos durch die Gegend, unfähig, die Ereignisse in seinem Kopf zusammenzufügen. Steuerte dann einen Parkplatz an – nur kurz ausruhen – und schlief ein.

Als Andreas erwachte, war es bereits dunkel. Er wusste unmittelbar, was geschehen, war. Und dass allein er Schuld daran hatte. Mit der Erkenntnis kamen die Gefühle. Er schrie vor Verzweiflung und Wut auf sich selbst, trat um sich in seiner kleinen Blechkapsel, weinte, bis er heiser und tränenlos war, schlug den Kopf auf das Lenkrad. Irgendwann ging ihm die Kraft aus. Das stumm geschaltete Smartphone auf dem Beifahrersitz leuchtete ständig auf, aber nichts in der Welt würde ihn dazu bringen, es jetzt in die Hand zu nehmen. Was sollte er Natalie sagen? Wie seine Mädchen großziehen, mit dem Wissen, dass ... Nein, das war unerträglich, er würde alles zerstören. Plötzlich stand es glasklar vor ihm und er wusste, was er zu tun hatte. Konsultierte das Navi. Keinen halben Kilometer entfernt lag die große Fußgängerbrücke über den Park. Vielleicht nicht hoch genug, aber ... Andreas grabbelte mit steifen Fingern einen Stift aus der Mittelkonsole, fand keinen Zettel, bloß einen Kassenbon von McDonald's. Egal, das musste reichen. Schrieb „Ich liebe euch über alles" auf die Rückseite. Stieg aus, holte das Abschleppseil aus dem Kofferraum. Trug es bis zur Brücke. Ein rudimentärer Knoten zur Schlinge, ein zweiter am Geländer. Durchatmen. Ich hätte nur ... Nutzte nichts.

Sprang.

Abwicklung

Ich nippte an meinem Minibar-Cognac und griff erneut nach der Fernbedienung. Doch alles Zappen nutzte nichts, sonntagnachts um zwei Uhr wurde einfach nur Mist gesendet. Kurz überlegte ich, auf PayTV umzuschalten und mir einen Porno zu Gemüte zu führen, aber eigentlich fehlte mir auch daran das Interesse. Die Stille ertrug ich jedoch ebenfalls nicht – heute war keine Nacht, in der ich unbedingt über meine Existenz nachdenken wollte. Dabei lief es gar nicht so schlecht. Vielleicht nicht gerade das, was man sich in kindlichen Träumen für sein 55. Lebensjahr ausmalte – so richtig mit Reihenhaus, Ford, zwei Kindern und vielleicht auch schon dem ersten Enkel unterwegs –, aber insgesamt trotzdem zufriedenstellend. Wirklich.

Ärgerlich wurde ich nur, wenn mich jemand einen Vertreter nannte. Ich war schließlich keiner dieser Typen, die einsamen Hausfrauen Staubsauger unterjubelten – ich war Softwareberater für wichtige Firmen. Und es stand auch kein alter, verbeulter Opel vor einem billigen Motelzimmer, sondern eine S-Klasse in der Tiefgarage des Vier-Sterne-Hotels, in dem ich heute nächtigte. Auch wenn ich seit Wochen ein diffuses Ziehen in Brust und Rücken verspürte und überlegte, ob ich möglicherweise doch zu viel Zeit in ebendiesem Auto verbrachte. Vielleicht sollte ich mir einfach mal wieder eine gute Thai-Massage gönnen, Happy End inklusive, versteht sich. Es gab zwar keine brave Ehefrau, die mich zuhause erwartete, dafür machte mir eben auch keine solche Ärger, wenn ich Lust hatte, eine exklusive Lady aus dem besseren horizontalen Gewerbe auszuführen. Und nicht zuletzt blieb so auch genug Geld übrig, um das 120-Quadratmeter-Penthouse an der Alster zu bezahlen, auf das ich wirklich ungern verzichtet hätte - so selten ich auch dort war. Trotzdem, heute kam mir das alles leer vor, es war einfach einer dieser Tage, an denen ich mich alt fühlte, so sehr ich mich dagegen wehrte.

Als ich das nächste Mal hochsah, saß ein Mann mir schräg gegenüber im Sessel, mich mit übergeschlagenen Beinen stumm taxierend. Ich blinzelte kurz verstört – das war vielleicht doch ein Kurzer zu viel gewesen. Aber er blieb, wo er war, und auch ansonsten sah ich klar, mir war bloß etwas schwindelig. Hätte man mich vorher gefragt, hätte ich angenommen, dass mich eine solche Situation sicher erschreckt hätte, doch nun fühlte ich nichts dergleichen. Bestenfalls leise Verwunderung.

Im selben Moment wusste ich, wen ich vor mir hatte, und wurde von tiefer Traurigkeit ergriffen. Angst war zu meiner eigenen Überraschung nicht dabei.

„Jetzt schon?"

Er nickte stumm.

„Ich hab mir dich gar nicht…"

„DOCH, GENAU SO HAST DU DIR MICH VORGESTELLT."

Na, wenn das so war. Ich betrachtete ihn genauer, eigentlich sah er ganz normal aus – schwarzer Anzug, schwarze Krawatte, schwarzer Hut. Höchstens die silbernen Manschettenknöpfe in Kreuzform waren etwas

31

ungewöhnlich. Angesichts dessen, dass seine Gestalt meiner eigenen Phantasie entsprungen sein sollte, fand ich mich selbst ein wenig lächerlich.

„Und nun?"

Er zuckte ruhig die Schultern, eines Mienenspiels schien er nicht willens oder fähig zu sein. Zwar hatte er ein Gesicht, doch sobald ich mich abwandte, hatte ich es augenblicklich vergessen, war nicht einmal sicher, ob es immer dasselbe war.

„Und wenn ich jetzt einfach schreie, könnte man mich dann nicht retten…?", erkundigte ich mich vorsichtig.

„NEIN."

Ich fragte nicht noch einmal nach, er strahlte in der kurzen Antwort – und auch überhaupt – eine Gelassenheit aus, der ich nichts entgegenzusetzen wusste. Plötzlich fühlte ich mich sehr müde, musste mich im Bett zurücklehnen und spürte allumfassende Enttäuschung, konnte nicht begreifen, dass es so lapidar zu Ende gehen würde. War das nun der Moment, in dem sich meine Vergangenheit noch einmal vor meinem Geist abspielen sollte? Bloß nicht.

„Ich hab so viel noch nicht gemacht…"

Mit einem Mal wurde mir klar, dass ich mein Leben in Unbedeutendem verschwendet hatte.

„DAS TUT MIR LEID. ABER ES GEHT VIELEN SO."

Das tröstete mich gerade eher wenig, zumal keinerlei Emotion in seiner Stimme mitschwang.

„Ich hab alles falsch gemacht, oder?"

„DAS VERMAG ICH NICHT ZU BEURTEILEN."

„Darf ich noch eine rauchen?"

„NATÜRLICH."

Ich war dankbar für die kleine Gnadenfrist und bekam – zum ersten Mal seit vielen Jahren – wieder einen angenehmen Nikotinflash, den ich mit geschlossenen Augen genoss. Gleichzeitig bemächtigte sich meiner eine unbekannte Erschöpfung, die es zur Anstrengung werden ließ, auch nur die Zigarette bis zu den Lippen zu führen. Ich merkte, wie mir das Atmen schwerer fiel, meine Brust hob und senkte sich nur noch unter Mühen, als laste das ganze Gewicht meiner nutzlosen Existenz darauf, und einige Sekunden lang war ich beinahe erleichtert darüber, dass es nun vorüber war.

„Was kommt danach?"

„DAS KANN ICH DIR NICHT SAGEN."

„Wird es wehtun?"

Er schüttelte langsam den Kopf, und Ruhe senkte sich über mich. Das war's dann also, mehr gab es nicht zu sagen. Das Zimmer verschwamm nach und nach, die Ränder wurden dunkel, mein Blick auf einen schmalen Tunnel verengt, in dem er saß, begleitet von leisem Sirren und den dumpfen, nur noch sporadischen Schlägen meines Herzens. Schließlich verschwand auch das.

Die Tür

Erneut ließ ich meinen Blick gedankenverloren darüber gleiten, wie beinahe jeden Abend. Trotz der langen Zeit, die nicht nur mir wie eine Ewigkeit erschien, beeindruckte mich ihre Eleganz immer wieder aufs Neue. Mein Sohn meinte, ich solle sie verkaufen – was wusste der schon. Er sagte, sie sei das einzig Wertvolle in der Wohnung, und hatte damit vermutlich recht. Häufig reichte das Geld hinten und vorn nicht und am Monatsende kochte ich tagelang Suppe, da konnte auch er, mit seinen drei Kindern, mir nicht helfen. Letztlich mochte ich ihn aber auch nicht darum bitten. Trotzdem, ich würde sie nie verkaufen, eher hungern. Er war mein einziges Kind, und ich wünschte oft, dass wir uns besser verstünden, doch dazu war es wahrscheinlich zu spät. Eigentlich hatte es auch früher schon nicht geklappt – wir lebten einfach aneinander vorbei. Vielleicht waren wir zu unterschiedlich. Vielleicht war ich zu selten wirklich anwesend.

Meine Frau war da ganz anders gewesen, sie hatte mich nie wegen meiner Träume kritisiert oder für lächerlich befunden, und ich vermisste sie furchtbar. Natürlich ging ich jede Woche zum Friedhof und brachte ihr Blumen, ich sprach auch mit ihr, in den leeren Raum hinein, obwohl ich mir albern dabei vorkam. Aber nachts half das alles nicht mehr, ich lag im Bett, streichelte ihr kaltes Kissen und starrte in das kahle Zimmer, in dem ihr Atem fehlte. Dann tröstete mich der Anblick der Tür, wenn ich aufstand, um das Mondlicht leise auf den Scheiben schimmern zu sehen, obwohl er oft einer gewissen Bitterkeit nicht entbehrte.

Ich hatte mit 15 meine Lehre als Schlosser begonnen, aber schon vorher hatte ich Türen bewundert. Eigentlich bewunderte ich die ganzen Häuser, diese wunderschönen, altmodischen Villen mit ihren zierlichen Erkern, spitzen, glänzenden Dächern, stuckverzierten Geländern und, vor allem, den wunderschönen alten Jugendstiltüren. Ich wusste, ein solches Domizil würde ich mir nie leisten können, egal wie hart ich arbeitete, aber ein anderes vielleicht, ein kleines Reihenhaus irgendwo, für meine Familie, die ich noch gar nicht kannte. Von meinen ersten drei Löhnen gab ich keinen Pfennig für Zigaretten, Schnaps oder dreckige Heftchen aus, wie die übrigen Lehrlinge, ich kaufte stattdessen auf einem Flohmarkt diese Tür. Ich restaurierte sie sorgfältig, denn sie würde das erste Stück meines eigenen Heims sein. Und es war ein wunderschönes Stück. Tiefdunkles Holz mit sacht kastanienfarbenem Rotstich, seidig schimmernd wie das Fell eines Araberhengstes, in der Mitte ein quadratisches Fenster mit filigran gravierter Lilie, darüber ein schmiedeeisernes, gewundenes Gitter – eine Schönheit, durch und durch.

Als ich meine Frau kennengelernt hatte, teilte sie meine Gefühle sofort und ich wusste, ich musste ein Zuhause für uns beide finden. Doch so einfach war es nicht. Der erste Umzug kam, in eine gemeinsame Wohnung. Dann der nächste, als ich eine neue Stelle fand. Wieder einer, als unser Sohn geboren wurde, und dann noch einer, als er auszog. Und bei jedem Umzug, jeder neuen Wohnung, war da die Hoffnung, dass es diesmal der letzte war. Dass es nächstes Mal endlich das Häuschen sein würde, zum letzten Mal die Sachen packen und endlich ankommen in etwas Eigenem. Doch es hatte nie gereicht, nie gelangt, so sehr wir auch gespart hatten. Für irgendetwas war das wenige Geld immer nötiger gebraucht worden. So hatte ich meine Tür durch unzählige Gebäude, endlose Treppenhäuser hinauf und hinunter geschleppt. Mehr als einmal hatte diese Prozedur ihre Spuren und Kerben hinterlassen, doch ich hatte jede einzelne Schramme sorgfältig ausgebessert, sodass auch jetzt, trotz all der Jahrzehnte, nichts ihre Perfektion störte.

Erst beim letzten Mal war die Hoffnung endgültig Resignation gewichen, als ich hierher zog, ohne meine Frau. Jetzt hatte es keinen Sinn mehr, selbst wenn ich im Lotto gewann – ich spielte natürlich nicht einmal –, für wen hätte ich noch ein Haus erwerben sollen?

Ich hielt meinem Sohn zugute, dass er sich Mühe gegeben hatte, mir zuzuhören, als ich es ihm zu erklären versucht hatte. Doch am Ende hatte ich gemerkt, dass er nicht ein Wort davon begriffen hatte. Ich aber würde sie nie weggeben, schließlich steckte darin mein ganzes Leben - oder doch zumindest der Rest von allem. Und so sah ich sie nun jeden Tag an, wie sie friedlich und hübsch an der Wand meines kleinen Zimmers lehnte, und wusste, ich würde das bis zum Ende tun.

Spurwechsel

Elias wünschte, er könnte sich den ganzen Tag die Ohren zuhalten. Doch das Geräusch durchdrang mühelos alles, die doppelt verglasten Scheiben ebenso wie die nagelneuen Noise-Cancelling-Kopfhörer. Es variierte in Höhe und Intensität je nach Modell, Gewicht und Motorleistung, aber es begann immer an der gleichen Stelle. Hinter der Kurve, freie Strecke zwischen Wiesen und Feldern, nach der zähen Mäandriererei durch die Siedlung, drückten hier alle aufs Gas. Hatte er früher auch. Das Ortsausgangsschild lag eigentlich 300 Meter weiter, aber wen interessierte das schon? Auf 80, 100, oft auch mehr, ging jeder hoch. Die LKW erzeugten dabei ein tiefes, martialisches Brummen, das ihm besonders verhasst war, das ihm durch Mark und Bein ging.

Es gab keine Stunde, nicht bei Tag und nicht bei Nacht, in der es ihn nicht durchfuhr. Jedes einzelne Mal zuckte er zusammen. Hielt inne bei allem, was er tat, oder erwachte, selbst aus dem Tiefschlaf. Nicht, dass es allein in dem großen Haus noch viel zu tun gab. Zwar trudelten weiterhin gelegentlich Anfragen ein, aber er sah sich nicht mehr imstande, ihnen gerecht zu werden. Hatte es versucht, wirklich, doch Unternehmen in Steuerfragen zu beraten, erforderte Konzentration. Unmöglich. Ebenso unmöglich, wie es Elias schien, dass ihn das Geräusch früher nicht nur nicht gestört hatte, nein, er hatte es nicht einmal bemerkt! Schlimmer noch,

Stefanie hatte es bis zuletzt nicht beeinträchtigt, trotz allem! Wie konnte sie nur! Sie hingegen hatte ihn deshalb für seltsam befunden, doch das hatte am Ende auch keine entscheidende Rolle mehr gespielt. Möglicherweise hatte sie recht und er war der Verrückte.

sssd

Vielleicht war es von vorneherein zu schön gewesen, zu einfach. Ein vorgegaukeltes Paradies. Das Fachwerkhaus war ein Kleinod, blutschön, für einen Spottpreis zu haben, trotz geringen Renovierungsbedarfs - und der Garten erst! Ein Traum, meinte Stefanie, und auch er, gewöhnlich nicht der Typ für derartigen Enthusiasmus, hatte insgeheim zustimmen müssen. Es war genau das, was sie für Adrian wollten. Seit seiner Geburt war ihnen die Großstadt, die beide bis dahin vorbehaltlos geliebt hatten, von Jahr zu Jahr unsicherer erschienen. Rockerkriege, Heroinspritzen im Sandkasten, die seltsamen Blicke des Typen von Gegenüber - plötzlich schienen überall Gefahren zu lauern. Als der Schulbeginn näherrückte, hatten sie sich entschieden.

Freunde und Verwandte hatten ihnen die verschiedensten Probleme bei ihrem Unterfangen prophezeit, doch nichts davon war eingetreten. Im Gegenteil, es war geradezu unheimlich glatt gelaufen. Er selbst arbeitete ohnehin von zuhause aus, Stefanie hatte binnen zwei Monaten eine Teilzeitstelle als Rechtsanwaltsfachangestellte gefunden - in der nahen Mittelstadt, lediglich 20 Minuten Fahrt. Zum ersten Mal hatten sie genug Platz, genug Zeit und genug Geld. Klar, manchmal vermisste er den Trubel, die Möglichkeit, einfach aus dem Haus zu gehen und in einem Café oder einer Kneipe zu landen. Die nahe Verfügbarkeit von allem, nicht nur Geschäfte, auch Freunde. Aber durchzuatmen, der Hektik der Stadt zu entfliehen, hatte auch seinen Reiz. Und Adrian war sicher, das war das Wichtigste.

sssd

Nun war das Haus riesig und winzig zugleich. Elias verließ es nur noch selten, bestellte, was er benötigte, selbst der Garten verwilderte. Stefanie hätte die Hände über dem Kopf zusammengeschlagen, aber Stefanie war nicht mehr hier und hatte somit ihr Recht auf empörte Gesten eingebüßt. War er doch einmal unten im Ort, brannten die neugierigen und abschätzigen Blicke in seinem Nacken. Obwohl sie bis dahin kaum zwei Jahre hier gewohnt hatten, wurde er erkannt - der Mann, der seine Familie nicht hatte schützen können.

sssd

Zehn, zwanzig Mal am Tag stand Elias vor Adrians skelettiertem Zimmer. Stefanie hatte alles mitgenommen. Es stumm und ohne zu fragen in den großen Sprinter geräumt, als sei es ihr gutes Recht. War es vermutlich auch. Bis zu dem Zeitpunkt hatte er stets geglaubt, sie seien einander ähnlich. War mit der ganzen trägen Arroganz einer zehnjährigen Beziehung davon ausgegangen, er kenne Stefanie in- und auswendig. Dass sie, Nuancen ausgenommen, ungefähr die gleichen Meinungen und Arten hatten, die Dinge zu handhaben. Es brauchte nur Minuten, um all das zu demaskieren. Seinem unendlichen Zorn der ersten Tage setzte Stefanie leises, durchdachtes Organisieren entgegen.

Suchte Kleidung aus - ohne ihn. Unterschrieb die notwendigen Formulare - ohne ihn. Wählte Musik aus - ohne ihn. Entschied sich für einen Sarg - ohne ihn. Es war nicht so, dass sie ihn ausschloss, anfangs fragte sie nach seiner Meinung, doch es gelang ihm nicht, sich irgendwie an dem Prozess zu beteiligen. Manchmal gelang es ihm nicht einmal, zu sprechen. Auch bei der Beerdigung blieb er stumm, wissend, dass es sie verletzte.

sssd

Danach war es nur noch schlimmer geworden. Schwachsinn. Es gab kein Schlimmer. Es war ohnehin die Hölle, da machte sich keiner von ihnen Illusionen. Nur, dass Stefanie zu hoffen schien, sie könnten gemeinsam hindurchgehen. Binnen Tagen und Wochen drifteten sie unaufhaltsam auseinander. Stefanie weinte viel, manchmal saß sie da mit einem Spielzeug von Adrian, manchmal brach sie unverhofft inmitten einer Tätigkeit in Tränen aus. Wenn sie einander begegneten, warf sie ihm zunehmend Blicke zu wie einem Fremden. Elias wusste, dass er ihr kalt erschien. Dass sie seine Verzweiflung spüren wollte, um endlich gemeinsam trauern zu können. Dass er sie umarmen sollte, ihr Halt geben, sie an seinem Körper bergen. Erinnerte sich daran, wie er sie früher umarmt hatte, ihren Kopf an seine Brust gelehnt. Dann war er nicht Elias, der Steuerberater, sondern Elias, der stärkste Mann der Welt, ihr Beschützer, obwohl sie das gar nicht nötig gehabt hatte. Damit er heulte, hatte es eine Flasche Rum gebraucht, dann hatte er geflennt wie ein Wahnsinniger. Rohe, nasse Schluchzer, laut, heftig, mit den Händen an den eigenen Haaren, an der Haut zerrend, dass es Stefanie Angst gemacht hatte. So war es also auch wieder nicht recht.

sssd

Stefanie wollte sein Zimmer perfekt erhalten bis hin zum ungemachten Bett - als einen Ort der lebendigen Erinnerung, an dem sie ihm nah sein konnte. Er wollte am liebsten alles weggeben. Jede Spur entfernen, nichts durfte bleiben, wie es war. Lief geduckt durch das Haus, aus Furcht, von den Geistern des Glücks angesprungen und überwältigt zu werden. Ein bunt bedruckter Hartplastikteller, ein angestaubtes Kastanienmännchen auf dem Fensterbrett genügten, damit er glaubte, den Verstand zu verlieren. Sie wollte reden, unterstrich ihre Worte mit weit ausholenden Gesten, rang um sein Verständnis. Er hingegen wollte schweigen, die Fäuste in den Taschen, so viel Wut im Gebein, dass er manches Mal zu verbrennen glaubte. Ihre Ehe überlebte Adrian um kein halbes Jahr.

sssd

Und da war er nun, in diesem stillen Haus, diesem fast stillen Haus. Vielleicht, wenn es wirklich still gewesen wäre, hätte Elias es ausgehalten. Ohne dieses Geräusch. Vielleicht aber auch nicht. Wenn ihn die Bilder des Nachts überfielen, war er sicher, dass nicht. Weniger sicher war er sich, ob es geholfen hätte, wenn Stefanie noch hier gewesen wäre. Manchmal vermisste er sie - glaubte er wenigstens, wenn er sich die Mühe machte, all den Hass zu durchwühlen. Denn er hasste alles. Stefanie. Sich. Die Welt. Das Scheißkaff. Aber am allermeisten hasste er die Autos und dieses Gefühl war so rein, so glatt, wie keines jemals zuvor. Außer seiner Liebe zu Adrian vielleicht.

sssd

Einen Monat danach war der Bürgermeister höchstpersönlich vorbeigekommen, um nach ihnen zu sehen, wie er es formulierte. Fehl am Platz wirkend, hatte er auf ihrem Sofa gesessen, die Finger spielten unruhig mit dem Henkel der Tasse Kaffee, die Stefanie ihm gebracht hatte. Er werde, so sagte er, sich dafür einsetzen, dass Geschwindigkeitsschwellen in der Straße verbaut würden, noch vor ihrem Haus. Es sei nahezu sicher, dass der Antrag bewilligt werden würde, aber ob sie vielleicht noch ein paar persönliche Worte hinzufügen wollen würden? Stefanie flüchtete in die Küche. Elias warf den Bürgermeister vom Grundstück. Ausnahmsweise waren sie sich einig. Die Schwellen kamen nie.

sssd

Eine schreckliche Verkettung unglücklicher Umstände, so hatte es der Pfarrer genannt. Eine Tragödie. Elias hätte andere Worte gewählt, obwohl der Schwarzgekleidete nicht unrecht hatte. Hätte er Adrian abgeholt, ausnahmsweise. Wäre die Lehrerin an diesem Tag nicht erkrankt, die Stunde nicht ausgefallen, wäre er erst 45 Minuten später die Straße entlanggeradelt. Hätte der LKW-Fahrer nicht auf sein verdammtes Smartphone geguckt, hätte er gemerkt, dass er auf die Gegenfahrbahn geraten war. Und wäre er nicht viel, viel zu schnell gewesen, hätte er noch bremsen können.

sssd

Als er den Lärm draußen gehört hatte, hatte Elias rein gar nichts Besonderes gespürt. Keine spontane Übelkeit, unerklärliche Kälte oder Stechen im Herzen - er hatte die Abgeltungssteuer berechnet. Dann vernahm er den Schrei - Stefanies Schrei. Sie hatte draußen im Garten gearbeitet und war als Erste dort gewesen. Als er hinausstürmte, um ihr, bei was auch immer geschehen sein mochte, beizustehen, sah er den LKW. Wie ein gestrandeter Leviathan lag er auf der Seite.

sssd

Und davor, beinahe schon darunter ... Adrian wirkte mit einem Mal so winzig, viel zu klein für einen Achtjährigen. Elias spürte, wie ihm schwarz vor Augen wurde, wie die ganze Welt binnen Sekunden zu zerbröseln schien. Tief im Inneren wusste er sofort, dass es nichts und niemanden mehr zu retten gab. Dass es vorbei war. Dass Adrian ... dass sie keinen Krankenwagen mehr rufen mussten. Doch sein Äußeres rannte hinunter, zerrte gleichzeitig das Handy aus der Tasche, stolperte, schlug sich die Knie blutig, spürte nichts. Stefanie hatte sich über ihr Kind gebeugt, strich ihm hektisch durch die Haare, sprach mit ihm. Dann begann sie die Reanimation mit einem Gesichtsausdruck so abwesend, als sei sie bereits dabei, Adrian zu folgen. Später gestand sie ihm, sich genau das gewünscht zu haben, ja, oft immer noch zu wünschen. Elias fühlte sich hilflos.

sssd

Tagelang hatte er am Fenster gestanden und hinausgestarrt auf den riesigen, dunklen Fleck. Nur ein Mal zog er in Betracht, ihn wegzumachen. Doch allein die Vorstellung, Adrians Blut mit einem Schrubber von der Straße zu tilgen wie Dreck, beförderte ihn unmittelbar über die Kloschüssel. Auch das Fahrrad lag noch dort wie eine zerdrückte Büroklammer. Die Polizei hatte es fotografiert und dann auf den Rasen vorm Zaun geworfen. Monat für Monat wurde es schmutziger, rostiger, im Sommer waren Wicken das verbogene Lenkrad hinaufgerankt. Elias hasste den Anblick, jedes Stück Verfall schien Adrian weiter von ihm zu entfernen. Doch es zu berühren, blieb unvorstellbar.

sssd

Mit bedrückten Mienen schilderten ihm die Beamten später die Details. Die Geschwindigkeit. Das Handy. Er habe nicht gelitten. Kaum hatte sich die Tür hinter ihnen geschlossen, packte Elias einen Zimmermannshammer, stürmte in den Hof und drosch auf sein Smartphone ein, bis die Splitter flogen. Stefanie sah ihn an, als sei er verrückt, doch sie sagte nichts. Es half auch nicht - Elias wollte, dass jemand bestraft wurde, dass jemand litt. Der LKW-Fahrer hatte am ersten Prozesstag nur geheult. Hatte sie angesehen und eine Entschuldigung gestammelt. Elias war nicht wiedergekommen. Stefanie schon, sagte, sie wolle es verstehen. Zwei Jahre auf Bewährung. Was gab es da zu verstehen?

sssd

Er schlief nicht mehr. Anfangs hatte er noch geschlafen, doch je länger Adrian fehlte, desto mehr verschwand auch er selbst. Und dieses Geräusch ... er war sicher, es wurde lauter, jeden Tag ein bisschen. Elias versuchte, sich den Fahrer vorzustellen, diesen tumben, rotgesichtigen Mann, der beim Sprechen vor Nervosität die Hände geknetet hatte. Versuchte, ihn zu hassen - doch es gelang nicht. Es hätte jeder andere sein können, jedes andere *sssd*. Elias hasste nicht ihn, er hasste sie alle. Es musste aufhören.

sssd

Elias pustete in seine steifen Hände und erwog kurz, noch einmal umzukehren. Doch Handschuhe zu suchen, erschien ihm nun zu langwierig. Unwichtig. Der kleine Bagger stand schon seit Monaten verwaist im Garten, um genau zu sein seit zwei Wochen vor ... seit zwei Wochen vorher. Sie hatten einen Teich ausheben wollen. Elias arbeitete in aller Ruhe, um vier Uhr morgens war die Straße ausnahmsweise totenstill und zu dieser Jahreszeit blieb es noch lange dunkel. Als er fertig war, durchströmte ihn angenehme Wärme. In Adrians Zimmer entzündete er ein kleines Feuer - sorgsam darauf achtend, dass es sich nur langsam ausbreiten konnte. Waren all die sinnlosen Aktenordner voll Steuerunterlagen doch zu etwas gut. Elias zögerte kurz und entschied dann, eine Flasche Rum aus dem Küchenschrank mitzunehmen - warum eigentlich nicht? -. oberstes Fach ganz hinten, damit Adrian nicht drankam. Mit den klammen Fingern aufs Dach zu gelangen, war gar nicht so leicht. Dann jedoch saß er endlich rittlings auf dem First - beinahe bequem.

sssd

Elias spürte, wie tiefes, ehrliches Lachen in seiner Brust aufstieg, als das erste Auto in den Erdwall krachte. Und da! Das nächste! Er konnte gerade noch die Scheinwerfer erkennen - ein Mercedes vielleicht? -, bevor Metall kreischte und es Funken regnete. Furchteinflößend, doch Musik in seinen Ohren. Er fühlte sich großartig, jubelte den lodernden Flammen zu. Nix mehr mit *sssd*! Ein weiteres Fahrzeug, Himmel, der Lichtkaskade nach musste es sich um einen LKW handeln! Elias hob die Flasche und brüllte vor Begeisterung, als der 40-Tonner die beiden PKW zermalmte, die sich unter dem Aufprall regelrecht aufbäumten.

Die Balken unter Elias knisterten leise, es war nicht mehr kalt.

Doppelgrab

Bei dieser Geschichte handelt es sich um eine fiktive Erzählung rund um das Doppelgrab von Oberkassel. Die späteiszeitliche Stätte in Bonn enthält spannende Funde, darunter ein weibliches und ein männliches Skelett unterschiedlichen Alters, Hundeknochen und geschnitzten Schmuck. Aber was geschah vor 14.000 Jahren?

Als Cyfirs Frau starb, entschied seine Familie, dass er eine neue Verbindung eingehen sollte, schließlich war er trotz seiner 40 Winter ein kräftiger Mann. Besonders seine alte Mutter – wegen ihrer dominanten Art und der ewig keifenden Stimme hinter vorgehaltener Hand Krähe genannt – bestand darauf. Er mochte das herrische Weib nicht, genauso wenig wie den Rest der Familie, war froh, in dem abgeschiedenen kleinen Rundhaus am Berg zu leben, und wäre dort lieber allein geblieben.

Die einzige Gesellschaft, die er seiner Meinung nach benötigte, war Algiz, sein Hund. Die anderen hatten ihn für verrückt erklärt, als er den abgemagerten, vielfarbigen Welpen von einem Reisenden aus dem Süden gekauft hatte, er war den gefürchteten Wölfen einfach zu ähnlich. Sie prophezeiten, dass er ihn früher oder später im Schlaf totbeißen oder sich zumindest am Vieh vergreifen würde. Doch Algiz tat seit nunmehr acht Jahren nichts dergleichen, er war dankbar für das Futter und die Zuwendung und half seinem Herrn, Hütte und Schafe zu bewachen.

Nun sollte er also wieder eine Frau bekommen. Cyfir war aus einem einfachen Grund ganz und gar nicht begeistert: Er hatte keine derartigen Bedürfnisse mehr oder zumindest fehlte ihm die Möglichkeit, sie auszuleben. Seit Jahren schon wuchs ein harter Knoten in seinem Bauch. Die meiste Zeit spürte er nichts davon, aber manchmal krümmte er sich urplötzlich vor Schmerzen. Außerdem hatte er ihm seine Manneskraft genommen. Von seiner Frau abgesehen, wusste niemand davon und sie hatte sein Geheimnis nun mit ins Grab genommen.

Es war gar nicht so einfach, ein Weib zu finden, das er zu sich nehmen konnte, und insgeheim hoffte Cyfir, dass seine Familie den Gedanken fallen und ihn endlich in Ruhe lassen würde. Frauen in seinem Alter hatten längst Mann und Kinder, die jungen wiederum waren vielversprechenderen Gatten zugedacht. So hatte ihre Mutter, trotz ihres nicht unerheblichen Einflusses in der Gemeinschaft, zunächst wenig Erfolg. Schließlich fand sich Nola. Das Mädchen zählte 15 Winter und hatte bis jetzt kein gutes Leben gehabt. Sie war lange schon Waise und lebte bei der Familie ihres Onkels. Dieser war gleichzeitig der Neffe von Cyfirs Mutter und behandelte das Mädchen schlechter als sein Vieh. Sie schlief draußen in einem Erdloch und wann immer er die Gelegenheit fand, sie beim Waschen im Bach abzupassen, fiel er über sie her. Andere Männer wollten sie nicht, obwohl sie eine tüchtige Arbeiterin war, denn sie hatte von Geburt an ein verwachsenes Gesicht. Dazu galt sie als tumbe, was Cyfirs Meinung nach lediglich einer verstörten Schüchternheit entsprang. Doch was ging es ihn an. Mit diesen Makeln behaftet, hatte es bis jetzt ihr Schicksal sein sollen, unverheiratet und in Obhut der Familie zu bleiben.

Nola selbst sah der Sache mit gemischten Gefühlen entgegen. Von dem brutalen Onkel und der Familie, die sie aus geringstem Anlass grün und blau schlug, wegzukommen, konnte nur gut sein. Ihr war jedoch klar, dass ihr bei dem Mann, den sie heiraten sollte, vermutlich dasselbe bevorstand, zudem sie seine stille Art, der grobschlächtige Körper und das Gesicht mit den tief liegenden Augen ängstigten. Vor dem, was er mit ihr auf dem Lager anstellen würde, grauste ihr. Letztendlich spielte allerdings sowieso keine Rolle, was sie davon hielt, man fragte sie nicht und jede Gegenwehr hätte ihr bloß eine erneute Tracht Prügel eingebracht.

Da alles in der Familie blieb, wurde um die Verbindung kein großes Aufhebens gemacht – eines Tages brachte Cyfirs Mutter das Mädchen einfach bei seiner Hütte vorbei. Sie ging, nicht ohne Nola in harschem Tonfall zu befehlen, eine gute Ehefrau für ihren Sohn zu sein, sonst könne sie sich ihr Auskommen demnächst in den Wäldern suchen. Cyfir trat aus dem Rundhaus und betrachtete das unsicher auf den lehmigen Boden starrende Mädchen. Sie war viel zu jung für ihn – was hatte sich seine Mutter bloß dabei gedacht? Es nutzte nichts, sie würden wohl miteinander auskommen müssen. Er schob Nola vor sich in die Hütte, in deren Mitte sich eine von Steinen umgebene Feuerstelle befand. Links davon war das Lager aus getrocknetem Gras bereitet, bedeckt mit zwei Schaffellen, rechts ein paar ausgehobene Gruben, von denen er ihr nun in knappen Worten eine für ihre Sachen zuwies. Beinahe wäre Nola vor Schreck wieder hinausgerannt, als Algiz plötzlich aus dem Schatten aufsprang und sie anbellte, doch ihr Mann brachte ihn mit einer Handbewegung zur Ruhe.

Schon nach wenigen Wochen musste Cyfir zugeben, dass es vielleicht doch keine so schlechte Idee gewesen war, sich wieder eine Frau zu nehmen. In den letzten Monaten waren ihm die täglichen Hausarbeiten, zusätzlich zur Versorgung der Tiere und der Jagd, immer schwerer gefallen. Nola dagegen sammelte tagsüber Wurzeln, Beeren und Blätter, kochte abends und stellte sich bei allem sehr geschickt an, ohne sich jemals zu beklagen. Außerdem waren ihre Fähigkeiten im Umgang mit Heilkräutern, die ihre Mutter sie gelehrt hatte, als sie noch ganz klein war, nützlich für das Vieh. Als er sich im ersten Jahr nach der Hochzeit auf den Sommerjagdzug begab, der die Männer der Gemeinschaft zwei Mondzeiten lang durch das Land trieb, vermisste er seine neue Frau.

Für Nola hatte ihr Mann seinen Schrecken in der ersten Nacht verloren, als er sich ruhig neben sie aufs Lager legte und einschlief, ohne sie auch nur anzurühren. Das blieb auch die folgenden Nächte so – mehr als eine Umarmung hatte sie nicht zu befürchten und dagegen nichts einzuwenden. Nach einiger Zeit entwickelte sich tiefe Zuneigung zwischen ihnen. Nola war dankbar dafür, zum ersten Mal in ihrem Leben nicht geschlagen zu werden und so viel essen und schlafen zu dürfen, wie sie wollte.

Fast zehn Jahre lang verlief ihr Leben zufrieden und ohne viele Worte. Doch an einem nassen Tag nahe dem Laubfall vermochte Cyfir nicht mehr aufzustehen. Schon in den letzten Wochen hatte er sich schwach und schlecht gefühlt, nun näherte sich sein Leben dem Ende. Sein Bauch war aufgedunsen und hart wie Stein, außer heißem Wasser behielt er nichts mehr bei sich. Nächtelang wachte Nola an seinem Lager, fütterte ihn mit klarer Suppe, solange er bei Bewusstsein war, und erbat bei den Göttern einen schnellen Tod, als er es nicht mehr war. Dann tat er seinen letzten Atemzug. Sie sah endlich Frieden über sein schmerzverzerrtes Gesicht gleiten und war froh, dass es vorbei war.

Danach saß Nola noch lange neben dem Toten und bereitete sich auf das Kommende vor. Cyfir galt als Einzelgänger, daher fiel es nicht auf, wenn er sich wochenlang nicht blicken ließ, und keiner wusste von ihrer Situation. Da sie verwitwet war, würde sie nach geltendem Recht in den Besitz der Familie ihres Mannes zurückfallen und diese würde sie mit Sicherheit wieder zu ihrem Onkel schicken. Sich jedoch noch einmal dessen Gewalttätigkeiten und einem Martyrium bis zum Lebensende auszuliefern, kam für sie nicht infrage. Ein anderer Mann würde sie nicht wollen und sonst bedeutete ihr niemand auf der Welt etwas. Es gab nur eine Lösung.

Den folgenden Tag und auch die Nacht über war Nola beschäftigt – Schlaf war nun nicht mehr nötig. Zuerst rollte sie, unter großer Anstrengung, eine flache Steinplatte heran und hub sorgfältig ein tiefes Loch neben der Hütte aus. Es war der Platz, den Cyfir Jahre zuvor gewählt hatte, um Algiz zu bestatten, denn sie nahm an, dass er ihn in der Ewigkeit gerne bei sich hätte. Tatsächlich fand sie bald den groben Flachssack, in dem seine Knochen lagen, und bettete ihn am Fußende des neuen Grabes. Dann wusch sie ihren Mann liebevoll und trug seinen ausgemergelten Körper ebenfalls hinein. Als Nächstes bedeckte sie, den alten Traditionen folgend, seinen Leichnam mit der roten Farbe, die sie aus der Erde der nahen Berge gewannen, zerbrach das Brett, von dem er aß, und schnitt sich die langen Haare ab. Auch seine liebsten Speisen legte sie neben ihren Gatten, denn im Jenseits würde er sich erst stärken müssen, bevor er auf die Jagd gehen konnte. Dazu ihre Lieblingshaarnadel, in Form eines Pferdekopfes.

Früher hatte sie ihr Haar immer offen getragen, um möglichst viel von ihrem entstellten Gesicht zu verbergen, doch Cyfir hatte ihr gesagt, dass ihn der Anblick nicht störe. Sie erinnerte sich an die langen gemeinsamen Winterabende, an denen er neben ihr am Feuer gehockt und einen Knochen mit einem scharfen Stein geduldig so lange bearbeitet hatte, bis hübscher Haarschmuck für sie daraus wurde, den sie später mit Stolz trug.

Nun war es vollbracht und was ihr noch blieb, war, langsam den Aufguss zu trinken, der sie in kleinen, bitteren Schlucken ihrem Mann näherbrachte. Mühevoll wuchtete sie die schwere Steinplatte über das offene Grab, bis nur noch ein schmaler Spalt am Kopfende blieb, durch den sie kriechen konnte. Von innen zog sie mit zitternden Fingern die Platte Zentimeter für Zentimeter über die Lücke, dann lag sie in völliger Finsternis da. Es würde nicht mehr lange dauern – sie kannte die schnelle und sichere Wirkung der Pflanze mit den hütchenförmigen, purpurnen Blüten. Nola schloss die Augen und griff nach der kalten, steifen Hand ihres Mannes. Als ihre Mutter im Sterben gelegen hatte, hatte sie ihr zugeflüstert, dass die Seelen von Menschen sich in der Ewigkeit wieder fanden. Sie hoffte, dass das stimmte.

Kloster

Er war immer müde beim Vigil, doch in letzter Zeit schien es sich besonders in die Länge zu ziehen, und er konnte sich nicht mehr auf das Wesentliche konzentrieren. Sein Blick wanderte über die Reihen der Schwarzgekleideten ihm gegenüber, wohl darauf bedacht, nicht zu lange bei Frater Matthias zu verweilen. Es fiel ihm nicht schwer, er hatte sich längst daran gewöhnt. Trotzdem genoss er diese eine heimliche, kleine Sekunde, in der niemand merkte, dass ihm sein Herz jedes Mal bis zum Halse klopfte. Seine Stimme blieb fest und ohne zu schwanken beim Te Deum.

Frater Timotheus seufzte im Inneren tief auf –vor einer Woche hatte sich alles verändert. Denn zu diesem Zeitpunkt hatte ihm der Orden mitgeteilt, dass er gebeten wurde, in ein anderes Kloster zu wechseln, 600 Kilometer entfernt. Ein Bruder dort war plötzlich schwer erkrankt und aufgrund des überall herrschenden Nachwuchsmangels suchte man nun händeringend nach jemandem, der fähig war, seine Aufgaben in der Verwaltung zu übernehmen. Er selbst war zudem noch relativ jung und für die Gemeinschaft abkömmlich, daher konnte er sich dem Wunsch des Ordens nicht verweigern. Der Versuch einer Begründung hätte ohnehin nur weitere Lügen nach sich gezogen.

Sie brachen ihr Schweigen auch bei ihren Treffen nie und so hatte er Matthias bloß stumm den Brief über den Tisch geschoben und die Gefühle des anderen in seinen

Augen gelesen. Worte hätten sowieso nicht genügt, um seinen Empfindungen Ausdruck zu verleihen. Seit nunmehr sechs Jahren lebten sie in Sünde, ohne dass Timotheus sich erklären konnte, wie es dazu gekommen war. Er war nicht überredet oder gar gezwungen worden, er hatte Mönch werden wollen, seit er denken konnte. Und abgesehen von gelegentlichen Zeiten leiser Wehmut hatte er in seinem Leben weder Männer noch Frauen vermisst und niemals Begehren gekannt.

Heute betete er die Laudes mit besonders tiefer Inbrunst, dann wartete er in seiner Zelle. Sie trafen sich oft in dieser halben Stunde, die eigentlich dem privaten Studium der Bibel vorbehalten sein sollte. Timotheus schlug das heilige Buch auf.

Des Nachts auf meinem Lager suchte ich ihn, den meine Seele liebt. Ich suchte ihn und fand ihn nicht. Hohelied 3,1.

Ausnahmsweise fand er auch hier keinen Rat. Er wusste, dass sie beide ein Sakrileg begingen, dass sie die Gemeinschaft und ihr Gelübde betrogen. Immer wieder hatten sie versucht, es zu beenden, Tage, manchmal Wochen jede Begegnung allein vermieden, aber es war ihnen stets misslungen, sie brauchten einander und waren zu schwach, um standzuhalten. Wie oft hatte er sich vorgenommen, alles zu beichten, im Zwiegespräch vor ihrem Vater Abt niederzuknien und das ganze Ausmaß seiner Verfehlungen zu gestehen, doch letztendlich war er stets zu feige gewesen. Nun betete er nur noch, vor dem Herrn Vergebung zu finden, sich gleichzeitig wohl bewusst, dass dem nicht so sein würde, solange er in dieser Lüge lebte. Matthias musste es ähnlich gehen - eine Weile hatte er nachts die rauen Spuren der längst überkommenen Geißelung auf seinem Rücken ertastet, blutige Zeugnisse seiner inneren Qual.

Nun sollte es also vorbei sein, übermorgen musste er Abschied nehmen, vielleicht für immer. Ein Wink Gottes? Wahrscheinlich sollte er dankbar und erleichtert sein, dass ihm die schwere Entscheidung von höherer Instanz abgenommen worden war. Er war es nicht. Es klopfte, drei Mal, leise. Timotheus öffnete und Frater Matthias ging an ihm vorbei, ohne den Blick zu heben, setzte sich dann auf den einzigen Stuhl im Raum. Als Timotheus sich neben ihn stellte, musste ihm seine Gefühlslage wohl anzumerken gewesen sein, denn Matthias legte ruhig die Hand auf seine, eine Geste stummen Trosts, die ihm die Tränen in die Augen trieb. Sie hatten wenig Zeit, Matthias musste die Zelle verlassen haben, bevor sich alle auf den Weg zum gemeinsamen Frühstück machten. Ein letzter Blick und es war vereinbart: Sie würden sich nach dem Komplet wiedersehen.

Nachts liebten sie sich still und leidenschaftlich. Timotheus kannte nach all der Zeit jeden Zentimeter des anderen, wollte vergessen, dass er ihn nun vermutlich zum letzten Mal berührte, und spürte, dass es Matthias ebenso erging. Danach lagen sie da, die Arme umeinander geschlungen, wie sie es oft taten, bis sie einschliefen. Doch heute Nacht würde keiner von ihnen schlafen, sie blieben wach und horchten auf die Atemzüge des anderen, bis der Morgen graute. Dann schlich

Matthias hinaus und der Glockenschlag kündete unabwendbar vom Beginn des neuen Tages.

Timotheus traf die Entscheidung bei der Vesper und ohne den anderen anzusehen. Beim Komplet erlaubte er sich ein letztes Mal, dessen Gesicht mit den Augen zu streifen, wissend, dass sie sich nicht mehr wiedersehen würden, und hoffend, dass dieser ohne ihn seinen Frieden finden konnte. Doch nachts klopfte es erneut und als Frater Matthias den Raum betrat, benötigte er keine Erläuterung mehr: Timotheus hatte das Bett bereits gemacht, seine wenigen Habseligkeiten in eine einfache Stofftasche gepackt und die Kukulle sorgsam auf dem Kissen zusammengelegt.

Timotheus stand still im Raum und betrachtete den anderen. Da erst sah er, dass auch dieser seine Alltagskleidung und einen Beutel unter dem Arm trug. Plötzlich ahnte er, weshalb Matthias ihn aufgesucht hatte, und spürte ein ungekanntes Glücksgefühl sich seiner Seele bemächtigen. Vorsichtig lächelten sie einander in der Dunkelheit an, dann wanderten sie durch die stillen Klostergänge zur Pforte und verließen das Haus. Der Kies des schmalen Pfades knirschte unter ihren Füßen. Timotheus drehte sich noch einmal um, um die schwarze Silhouette des Gebäudes zu betrachten, das ihm seit seinem Noviziat vor beinahe zwanzig Jahren eine Heimat gewesen war. Vielleicht konnte er irgendwann wiederkommen, vielleicht alles erklären und um Verzeihung bitten, für die Enttäuschung, die er der Gemeinschaft nun bringen würde, und seine Schwäche. Vielleicht auch nicht. Aber möglicherweise würde es ihm wenigstens wieder gelingen zu beten, ohne die Last der Schuld tonnenschwer auf seinen Schultern ruhen zu fühlen.

Er hatte ein wenig Geld und unten im Dorf gab es einen Bus, der in die nächste Stadt fuhr. Timotheus spürte, wie Matthias seine Hand nahm, und schloss die Finger fest um die des anderen. Er wusste nicht wohin sie gehen, wie sie leben sollten, aber eines wusste er: Dass er den Mann neben sich heute Nacht zum ersten Mal beim Namen nennen würde.

Bobby

Es wäre doch gelacht, wenn er diese Angelegenheit nicht geregelt bekäme. Nein, mehr noch, er würde dafür sorgen, dass sie sich zu seinen Gunsten wendete. Zugegeben, als die externe Prüfung durch die Bankenaufsicht vor wenigen Wochen bekannt gegeben worden war, war ihm kurz das Herz in die Hose gerutscht. Denn es handelte sich um eine außerordentliche Prüfung und das bedeutete, dass irgendjemandem etwas aufgefallen sein musste. Natürlich könnte es auch der Fehler eines Kollegen gewesen sein. Er war definitiv nicht der Einzige, der heimlich Hochrisikogeschäfte machte und dabei Kapital von A nach B schob, das er streng genommen erst in einigen Jahren zur Verfügung haben würde. Hoffentlich jedenfalls. Jeder hier kämpfte mit harten Bandagen, der Markt war ein Haifischbecken.

Ihr Chef hatte sie im großen Konferenzraum zusammengetrommelt und ihnen den Marsch geblasen. Er hatte getobt wie ein Wilder, doch während Josef stumm auf die spiegelnde Fläche des Mahagonitisches vor ihm gesehen und unterwürfig genickt hatte, hatte er still gedacht, dass der Mann sich nicht so aufblasen sollte. Er war mit Sicherheit auch nicht nur mit lauteren Methoden dahin gekommen, wo er jetzt war. Nun einen auf moralische Entrüstung zu machen oder den Ängstlichen heraushängen zu lassen, war doch lächerlich. Wie die geprügelten Hunde waren sie danach gedemütigt zur Tür hinausgekrochen. Bald sitze ich auf seinem Stuhl, hatte Josef noch gedacht, dann können die mich alle mal. Vorher musste er allerdings sein kleines Problem lösen.

Die Daten auf seinem Arbeitslaptop hatte er natürlich längst frisiert, sie würden einer Überprüfung standhalten. Leider gab es da noch zwei Schwierigkeiten: Das Back-up auf ihrem firmeninternen Sicherheitsserver und die Ausdrucke ihrer Zwischenberichte, die sicher eingelagert waren. Ersteres hatte er mittels eines Feueralarms und eines starken Elektromagneten erledigt, den er zuvor im Internet erworben hatte. Nicht ganz legal vielleicht. Aber besondere Situationen erforderten besondere Maßnahmen, richtig? Heimlich feixend, hatte er ebenso entsetzt getan wie alle anderen, als der Datenverlust bemerkt worden war. Die Sache mit den Kopien war schon schwieriger, denn diese befanden sich irgendwo im Keller und den konnte er nicht ohne gute Erklärung betreten oder gar mit einem Stapel Akten unterm Arm wieder hinausschlüpfen. Eine andere Lösung musste her.

Würde er erwischt, würde es das Ende seiner Karriere oder zumindest einen herben Abstieg bedeuten und das konnte er unter keinen Umständen riskieren – sein Job war sein Lebensinhalt, da machte er sich keine Illusionen. Und das war auch gut so, schließlich war Geld das Wichtigste im Leben, der einzig echte Maßstab für Erfolg und Status. Alles andere war weichgespülter Hippie-Mist. Natürlich waren ihm seine Kinder ebenfalls wichtig, immerhin zahlte er horrende Summen an

Unterhalt und sie besuchten die besten Schulen. Undankbar, wie sie waren, gönnten sie ihm trotzdem kaum ein Wort, ja, würdigten ihn zumeist nicht einmal eines Blickes, wenn er sie alle paar Monate sah.

Seit seine Ex mit ihnen von Frankfurt nach Würzburg gezogen war, schien es noch schlimmer geworden zu sein. Vermutlich flüsterte sie ihnen alle möglichen Lügen über ihn ein, die manipulative Schlampe. Ihre Ehe war kurz nach dem Studium geschlossen und nur wenige Jahre später wieder geschieden worden. Wenn er darüber nachdachte, hatten sie einander ohnehin nie wirklich verstanden. Seine Ex hatte einfach nicht begreifen wollen, dass sein Beruf an erster Stelle stand und wichtiger war als ihre Ideen. Und dass sie sich, wollte er die Karriereleiter erklimmen, danach zu richten hatte. Sie hätte ihn unterstützen sollen, anstatt egoistisch auf ihren Plänen zu beharren – eine gute Ehefrau hätte sich anders benommen! Nicht zuletzt war sie hysterisch. Egal, im Moment war vor allem wichtig, wie er sich unauffällig der Dokumente bemächtigen konnte. Und dazu hatte er auch schon einen Plan.

Zwei Wochen später war es so weit. Am Abend zuvor, dem 22. Dezember, hatte die alljährliche Weihnachtsfeier stattgefunden. Ein jämmerlicher Reigen aus Anbiederei und Besäufnis. Dann begannen die zweiwöchigen Betriebsferien, in denen selbst die Top-Manager auf Homeoffice umstellten und nicht einmal eine Reinigungskraft das große Gebäude frequentierte. Einzig der Sicherheitsdienst war noch anwesend, doch der blieb im Pförtnerhäuschen oder drehte höchstens einmal eine

Runde außen herum. Daher stand Josef am 24. um zwei Uhr nachts fröstelnd vorm Nebeneingang, blickte sich kurz um, zog dann seine Karte durch und machte ungesehen zwei rasche Schritte ins Innere. Geschafft.

Das sonst stets belebte Gebäude wirkte eigenartig unvertraut, so menschenleer. Das ganze Haus erweckte den Eindruck, als sei die Menschheit plötzlich ausgestorben. Der blank geputzte Marmor hallte leise unter seinen Schritten und der große, gläserne Aufzug schwebte still zwischen den Stockwerken wie eine schlafende Meduse. Gedimmtes Licht ließ die Böden und gläsernen Wände schimmern. Josef spürte, wie sein Herz heftig gegen seine Rippen drängte, und beeilte sich, ins Untergeschoss zu gelangen. So sicher er war, dass das hier sein musste, so froh war er trotzdem, wenn er es hinter sich hatte.

Als er die unauffällige, kleine Treppe betrat, die in den Keller hinabführte, war schnell Schluss mit Glamour. Hier hatte sich niemand auch nur die Mühe gemacht, die Wände zu streichen, roher Waschbeton umgab ihn. Das Neonlicht über seinem Kopf flackerte nervös und Josef merkte, dass er sich instinktiv etwas zu sehr am kalten Metallgeländer festhielt. Unten angekommen, schlich er durch die kahlen Gänge, auf der Suche nach der richtigen Raumnummer, die er auf einem nun fest umklammerten Zettel notiert hatte. Über ihm verliefen dicke Versorgungsrohre, die an Arterien eines exotischen Maschinenwesens erinnerten. Als es in den Leitungen knackte, zuckte er heftig zusammen und schalt sich im selben Moment einen Schlappschwanz.

Trotzdem, er musste zugeben, dass er sich gruselte. Dementsprechend erleichtert war Josef auch, als er endlich an seinem Ziel angekommen war. Er tastete nach dem Lichtschalter im Inneren und blinzelte, als die Leuchtstoffröhre ihren Dienst tat und weißes Licht über Aktenschränke und unzählige, säuberlich beschriftete Pappkartons flutete – er war eindeutig richtig hier.

Hinter ihm fiel mit sachtem Klatschen die Tür ins Schloss, Josef merkte es kaum.

Stattdessen begann er sofort, die Kartons zu durchsuchen, bis er auf die relevanten Jahrgänge stieß. Tatsächlich wurde er bereits in der dritten Kiste fündig – vier dicke Ordner, sorgfältig mit Vorgangsnummern sowie seinem Namen beschriftet. Hah! So einfach war das also gewesen, dachte er siegesgewiss und wollte, die Eroberung fest gepackt, den Raum verlassen. Die Tür war zu. Er griff nach der Klinke. Doch da war keine Klinke, stattdessen nur ein kurzer Knauf aus Stahl, am Ende etwas gebogen, um einen besseren Griff zu bieten, aber nicht geeignet, sich in irgendeine Richtung zu bewegen. Das durfte nicht wahr sein - war so etwas überhaupt erlaubt?!

Ein kurzer, eisiger Schauer lief, einer Vorahnung gleich, über Josefs Rücken. Das Ding musste doch irgendwie aufgehen! Ungeduldig und heftig rüttelte er daran, aber die wuchtige Feuerschutztür bewegte sich keinen Millimeter. Es gab tatsächlich nicht einmal einen Spalt zwischen Tür und Rahmen. Ein erster Anflug von Panik packte ihn, Josef verharrte bewegungslos an Ort und Stelle, zitternd. Ihm dämmerte, dass ...

63

Dann fing er sich wieder. Er musste nachdenken, er war doch kein Idiot, er würde schon irgendeine Lösung finden! Zunächst also untersuchte er die Tür, doch was er herausfand, war wenig hoffnungserweckend: Das Exemplar genügte höchsten Sicherheitsansprüchen, Angeln und Zargen waren in der Wand versenkt, das Schloss verschwand übergangslos im dicken Stahlkörper der Tür, der seinerseits jedes Geräusch schluckte. Keine Chance, irgendeinen Ansatzpunkt zum Hebeln zu finden. Er würde auf jeden Fall Werkzeug brauchen, am besten eine Axt. Genau, so etwas musste doch ohnehin in jedem Raum vorhanden sein, schon wegen des Brandschutzes, oder? Damit würde er die Tür garantiert kleinbekommen! Genug Zeit hatte er ja. Das wäre natürlich alles andere als unauffällig, doch ein kleiner, sehr instinktgesteuerter Teil seines Gehirns erklärte ihm deutlich, dass das gerade nicht mehr sein größtes Problem war.

Also fing Josef an, akribisch den Raum zu durchkämmen, auf der Suche nach irgendetwas, das ihm weiterhelfen könnte. Das Ergebnis war ernüchternd – er fand beklagenswert wenig. Abgesehen von den zwei Dutzend ordnergefüllten Kartons gab es drei große Spinde aus Blech, von denen einer leer und die anderen beiden mit allen möglichen Deko-Artikeln vollgestopft waren: Girlanden, Weihnachtskränze, Christbaumkugeln, Luftballons und bunte Strohhalme. Außerdem eine angebrochene Packung Würfelzucker und Servietten mit Clownmotiv. Absolut nichts Nützliches jedenfalls. Am Ende drang er hilfesuchend in die dunkleren

Winkel des Raumes vor, die, vom weißen Licht der Deckenlampe unangetastet, aus den Schattenwürfen der Schränke gebildet wurden, und fuhr zusammen. Ein ebenso unwillkürlicher wie lächerlich klingender Schreckenslaut entwich Josef, als er sich plötzlich einer hochgewachsenen Gestalt gegenüber sah. Panisch stieß er sie von sich und kam sich im gleichen Moment albern vor.

Die Kreatur, ein Hybrid aus senffarbener Schaumstoffpuppe und Crashtest-Dummy, hatte irgendjemand vor zwei Jahren zum Geburtstag des Chefs angeschleppt. Eine einfache Aufblaspuppe hatte anscheinend nicht genügt – dieses Ding war richtig teuer gewesen. Dafür war es allerdings auch verdammt biegsam und hatte angedeutete Gesichtszüge. Damals hatte es außerdem Anzug und Krawatte getragen und sie hatten, mit steigendem Alkoholpegel, allen möglichen Unsinn mit ihm angestellt. Angefangen mit gestellten Boxkämpfen bis hin zu sehr unwürdigen Aktionen auf dem Kopierer.

Auf demselben Kopierer hatte Josef es vor einigen Monaten mit einer Praktikantin getrieben, einem hübschen, brünetten Ding, auf dessen Namen er gerade nicht kam. Nun jedenfalls war die Puppe nackt und wirkte ein wenig wie der ausdruckslose Rohling eines Menschen. Wie ein Wesen, dessen Erschaffung mitten im Prozess abgebrochen worden war, noch bevor ihm jemand individuelle Züge hatte schenken können. Ein humanoider Prototyp. Einer der Kollegen hatte es wohl witzig gefunden, ihm mit Filzstift „Bobby" auf die Stirn zu schmieren.

Abgesehen von dem skurrilen, gelben Bewohner fand er nur noch einige Staubmäuse. Was nun? Vielleicht gab es ja einen anderen Ausgang? Er durchschritt hastig den Raum, schob Kartons zur Seite, begutachtete die Decke. Doch diese bestand, ebenso wie Boden und Wände, aus nichts als grauem, undurchdringlichen Beton, meterdick. Das Einzige, was er entdeckte, war ein metallenes Lüftungsgitter, jeweils eine Handlänge hoch und breit. Nun, immerhin würde er nicht ersticken, dachte Josef automatisch und wünschte sich unmittelbar, er hätte dieses Gedankenspiel gar nicht erst begonnen.

Sein iPhone! Vor Aufregung bebend kramte er das schmale, leuchtende Stück Hoffnung aus der Hosentasche und wurde sofort enttäuscht. Kein Balken, der ihm einen Weg in die Außenwelt offeriert hätte. Natürlich versuchte er es trotzdem, lief durch das ganze Zimmer und wischte hektisch auf dem Touchscreen herum, presste es an den Luftschacht, stapelte sogar Kisten und stellte sich darauf – es nutzte nicht das Geringste. Irgendwann flackerte das Display nur noch ein paar Mal auf und erlosch, der Akku war leer. Josef ließ sich in der Mitte des Raumes auf den Boden sinken und stützte den Kopf in die Hände. Er saß eindeutig in der Scheiße. Wie groß die Scheiße war, darüber wollte er im Moment nicht einmal nachdenken.

Eine Weile blieb Josef dort, die Stirn auf den Knien. Dann durchzuckte ihn ein Gedanke: Er musste etwas basteln. Irgendein Instrument, das ihn hinausbrachte, das ihm das Öffnen dieser vermaledeiten Tür ermöglichte. Bobby lehnte weiter hinten an der Wand und starrte ihn blicklos an, Josef hätte schwören können, dass er eine spöttische Miene zur Schau trug.

„Guck nicht so dumm!", fuhr er ihn also an.

Dann begann er alles, was er fand, auf seine Tauglichkeit als Werkzeug hin zu untersuchen. Doch er war nie ein großer Bastler gewesen, schon gar kein Pfadfinder, und MacGyver hatte er immer gehasst. Jetzt aber verfluchte er sich für sein handwerkliches Ungeschick. Schließlich gelang es ihm, den Metalleinsatz aus einem Ordner zu brechen und damit die Tür zu bearbeiten. Kurz schöpfte er Hoffnung, doch das währte nicht lange. Das einzige Ergebnis bestand in verbogenem Blech und einem blutenden Finger, an dem er saugte, mit den Nerven am Ende und den Tränen nahe. Er hatte keine Chance gegen die Tür, sie glich einer Bastion. Und er würde niemals wieder hier herauskommen. Wenn nicht ein Wunder geschah, würde er in diesen trostlosen vier Wänden sterben, krepieren wie eine Kanalratte, völlig allein. Zum ersten Mal traf ihn diese Erkenntnis in ihrer ganzen Klarheit und Wucht.

Josef verbarg das Gesicht in den Armen.

„Oh Gott. Oh Gott, oh Gott!"

Verzweiflung trieb sein Denken an, während er nach einem Ausweg suchte. Es musste, *musste* einfach eine Möglichkeit geben, die er gerade übersah, er musste also nur darauf kommen. Heftig drückte er sich auf die Schläfen, als könne er so eine Idee aus seinem nutzlosen Kopf quetschen. Josef fühlte sich, als sei er schon seit

Tagen hier, dabei konnten es eigentlich höchstens ein paar Stunden sein.

Eine unbestimmte Zeit später hatte er nicht nur noch einmal erfolglos versucht, sein Handy wiederzubeleben – vielleicht funktionierte ja eine simple SMS? –, sondern auch das Lüftungsgitter abgeschraubt. Doch so gern er sich auch zu diesem Erfolg gratuliert hätte, mehr, als dass er seinen Arm bis zum Ellbogen in den kalten Schacht stecken konnte, kam dabei auch nicht heraus. Er quetschte sogar sein Gesicht in das raue Quadrat und schrie, brüllte sich die Seele aus dem Leib, bis sein Hals schmerzte, obwohl er ganz genau wusste, wie aussichtslos dieser Versuch war. Ihm war längst scheißegal, ob er Ärger bekam, Hauptsache, jemand half ihm, jemand befreite ihn aus seinem Gefängnis. Er hätte denjenigen umarmt und geküsst, sogar, wenn es sich um den übergewichtigen, verschwitzten Wachmann gehandelt hätte, den er sonst nicht einmal grüßte.

Doch innerlich war Josef natürlich die ganze Zeit über klar, dass da niemand war. Irgendwann begann er laut zu reden, um sich zu beruhigen, denn er wollte nicht einmal vor sich selbst zugeben, wie sehr er sich fürchtete. Zunächst waren es Selbstgespräche, dann fing er unwillkürlich an, Bobby einzubeziehen – immerhin hörte ihm hier sonst niemand zu, also gab es auch keinen Grund, sich lächerlich dabei vorzukommen. Und er war wenigstens ... da.

Am Ende fand sich Josef erneut auf dem kalten Betonboden sitzend wieder. Und dann spürte er, wie ihn eine unglaubliche Wut erfasste. Die Akten, all diese widerlichen kleinen Anhäufungen aus sinnlosem Papier, waren das Erste, was seinem Zorn zum Opfer fiel. Er stürzte sich darauf wie ein Berserker. Sie waren es doch, die ihn erst in diese Situation gebracht hatten, diese überflüssigen Zahlen, dieses Joch aus Bürokratie! Er zerriss, zerfetzte, was ihm in die Finger kam, ging vollkommen auf in Raserei, erwischte sich sogar, wie er in die harte Pappe eines Ordners biss, fast irrsinnig vor Zorn. Seine Zähne protestierten, es war ihm gleichgültig. Und er war noch lange nicht fertig.

„Du glotzt ja immer noch, du ekelerregendes Scheißstück!!"

Wie von Sinnen prügelte er auf Bobby ein, versuchte dessen gesichtlose Gleichgültigkeit mit seinen Fäusten zu zermalmen. Schleuderte ihn mit Wucht durch den Raum, in dessen Ecke er mit verdrehten Gliedern liegenblieb wie die kaputte Puppe, die er eben war. Dann trat Josef gegen die Aktenschränke und stürzte sich auf die Tür, auf dieses stählerne Monstrum, das ihm sein Leben wegnehmen wollte. Warf sich mit seinem Gewicht dagegen. Rammte, dem Wahnsinn nah, seine Knöchel hinein, bis sie aufplatzten, erhaben über jeden Schmerz. Irgendwann jedoch siegte die Erschöpfung. Josef taumelte noch ein wenig auf und ab, blieb dann stehen und schwankte, einem angeschossenen Rindvieh gleich.

Wann und wie er wieder zu sich kam, hätte er im Nachhinein nicht sagen können. Bloß, dass er sich an einen der verbeulten Schränke kauerte, ihm jeder Knochen und jeder Muskel im Leib wehtat und er schier unvorstellbaren Durst hatte. Außerdem war seine Hose nass, er hatte sich eingepisst. Mühsam ließ er sich auf einem Karton nieder – er konnte sich nicht daran erinnern, sich jemals so ermattet gefühlt zu haben. Kurz überlegte er, sich einfach ein Lager aus Papier zu errichten, der Gedanke daran, sich eine Weile hinzulegen, war plötzlich unglaublich verlockend.

Nein, das durfte er nicht. Gestattete er sich zu schlafen, kam das einer Niederlage gleich. Eine Pause erschien ihm in diesem Moment wie ein erstes Zugeständnis an den Tod. So weit war er nicht. Noch nicht? Josef wusste es nicht, wusste auf einmal überhaupt nicht mehr sehr viel. Stattdessen begann er mit leergefegtem Kopf aufzuräumen. Ordnete alles so an, dass er sich einbilden konnte, seinen Wutanfall ungeschehen zu machen. Lutschte einen Würfel Zucker. Hob letztlich vorsichtig Bobby auf, sortierte beinahe schon sanft dessen Körperteile, klopfte ihn ab und lehnte ihn an einen der Schränke. Der Junge war hart im Nehmen, dachte er, man merkte ihm kaum an, was er ihm gerade noch angetan hatte.

„Tut mir leid, Kumpel", murmelte er zerknirscht.

Albern fühlte Josef sich dabei nicht, es kam ihm im Grunde ganz natürlich vor.

Nicht lange danach gab er sich doch geschlagen, schaufelte den Inhalt einiger Ordner zu einem kleinen Bett zusammen und rollte sich darauf ein. Nur ein kurzes Weilchen. Er würde viel besser denken können, wenn er nur ein kurzes Weilchen schlief. Und dann würde er auch eine Lösung für dieses Dilemma finden, ganz bestimmt.

Als er wieder erwachte, sah die Realität allerdings anders aus. Zunächst ließ er, in kindlicher Manier, die Augen geschlossen, in der abwegigen Hoffnung, dass all das nur ein Albtraum war und er in Wirklichkeit sicher zuhause in seinem Bett lag. Die sägenden Kopfschmerzen jedoch belehrten ihn bald eines Besseren, er konnte sie nicht einfach ignorieren und so kapitulierte er, öffnete die Augen und richtete sich auf. Alles um ihn herum wirkte noch genauso trostlos wie zuvor. Egal, versuchte er sich selbst zu motivieren, er musste nur einen frischen Blick darauf werfen, dann konnte er sicher irgendetwas Hilfreiches finden. Josef glaubte selbst schon nicht mehr daran. Außerdem fühlte er sich dösig und hatte Schwierigkeiten, sich zu konzentrieren. Trotzdem suchte er brav noch einmal den ganzen Raum ab, ohne etwas Neues zu entdecken. Die einzige Veränderung bestand in einer weiteren Schnittwunde an der Hand, die er sich beim Verrücken eines der Schränke zuzog – seine Haut war trocken wie Papier.

Schließlich setzte er sich erschöpft auf sein improvisiertes Lager und wusste zum ersten Mal nicht mehr, was er nun noch tun sollte. Verzweifelt lutschte er einen weiteren Zuckerwürfel, auch wenn es weder gegen den Durst noch das hartnäckige Magenknurren half. Am liebsten hätte er sich sowieso wieder hingelegt, so schläfrig fühlte er sich – wie konnte er schon wieder müde sein? Wie lange hatte er eigentlich geschlafen? Er hatte keine Ahnung, ohne iPhone und Tageslicht war er jedweden Zeitgefühls beraubt. Wie lange würde die Birne über ihm wohl brennen? Konnte sie irgendwann ausgehen? Der Gedanke, vorwarnungslos im Dunkeln dazusitzen, versetzte ihn unvermutet derart in Schrecken, dass er nach Luft schnappen und sich an den Kartons neben ihm festklammern musste. Die Idee vollständiger Finsternis um ihn herum war plötzlich das Entsetzlichste, das er sich vorstellen konnte, sein Herz raste und er rang nach Atem. Auf einmal schien der Raum winzig zu sein, die Wände näher zu kommen.

„Oh Gott, bitte nur das nicht!", bettelte er hilflos und blickte Bobby an, der ihn mit ruhigen Augen zu betrachten schien.

„Das wird doch nicht passieren, oder?"

Es klang selbst in seinen Ohren kläglich und hätte ihm doch gleichgültiger nicht sein können.

Eine schiere Ewigkeit später hatte Josef sich wieder beruhigt und seine Gedanken kehrten zu der Zeitfrage zurück. Spielte es überhaupt eine Rolle, wie lang er schon hier war? Oh ja, kommentierte prompt ein Stimmchen in seinem Kopf. Denn jede Stunde bringt dich dem Tod ein Stückchen näher. Josef schauderte und vergrub das Gesicht erneut in den Händen. So etwas passierte doch in echt gar nicht, das gab es nur in Filmen! Es durfte einfach nicht wahr sein, das hatte er nicht verdient, so ein schlechter Mensch war er doch nicht. Oder?

„Das hab ich nicht verdient, stimmt's?"

Aber noch während er es aussprach, war er sich selbst nicht mehr sicher. Mit Ruhm bekleckert hatte er sich in seinem Leben sicher nicht, so viel stand fest. Aber war das denn so schlimm? Machte nicht jeder Mensch früher oder später Fehler und versuchte trotzdem irgendwie durchzukommen?

Er dachte an seine Kinder und merkte, wie zum ersten Mal Tränen in ihm aufstiegen. Sie waren irgendwo da draußen, spielten vielleicht gerade und hatten keine Ahnung, dass ihr Vater möglicherweise bald grausam sterben würde. Und selbst wenn, hätte es sie überhaupt interessiert? Hatte es ihn geschert, wie es ihnen ging, als seine Ex und er sich getrennt hatten? Oder während der endlosen, elenden Unterhaltskämpfe, die folgten?

Wie elektrisiert fuhr er auf. Er musste das hier überleben, um alles besser zu machen und die Dinge in Ordnung zu bringen.

„Pass auf", wandte er sich an Bobby, „ich erzähle dir alles, den ganzen Mist. Und du hilfst mir dafür, hier rauszukommen, ok?"

Das war ein vernünftiges Angebot, fand er, und auch Bobby signalisierte Zustimmung. Also begann Josef, so gewissenhaft er konnte, seine Sünden aufzuzählen. All die kleinen und großen Fiesigkeiten, die er seiner Ex hatte angedeihen lassen, seit sie beschlossen hatte, dass es mit ihm nicht mehr auszuhalten war. Dass er die Arbeit stets benutzt hatte, um die Sorge für seine Kinder auf seine Frau abzuschieben. Bei keinem einzigen Elternabend gewesen war. Seiner Tochter nie einen Gutenachtkuss gegeben hatte. Scheiße, dass er nicht einmal wusste, welche Musik die mittlerweile 14-Jährige hörte oder ob sein Sohn gerne Fußball spielte. Noch während er sprach, ging ihm auf, was er alles verpasst hatte. Keines seiner Kinder liebte ihn und er konnte ihnen das nicht einmal verdenken. Er war noch schlimmer als sein eigener Vater geworden.

Josef faltete die Hände und kniete, in Ermangelung anderer Alternativen, vor Bobby nieder, um inbrünstig zu schwören, käme er wieder hier heraus, er würde jedes Wochenende mit den beiden verbringen. Ach was, er würde gleich ein ganzes Sabbatjahr nehmen. Und alles nachholen, alles wieder gut machen.

Kaum hatte er geendet, spürte er Übelkeit in sich aufsteigen – die bohrende Pein in seinem Schädel war mittlerweile fast unerträglich, erschwerte das Denken bis zum Nonsens. Sein ganzer Körper juckte, er vermochte keine Sekunde stillzuhalten, fuhr mit rasenden Händen über die pergamentene Haut. Dazu kamen intensive Rückenschmerzen, ein feuriges Band hatte sich um seine Flanken gelegt. Er schaffte es gerade noch bis zur Ecke neben der Tür, dann erbrach Josef heftig, spuckte gelbe Galle, bis er hustete. Trotzdem ließ er sich nicht beirren, taumelte zurück, kaum dass er wieder Luft bekam, fixierte ergeben Bobby, der verschwommen vor ihm aufragte, monumental, ehrwürdig, und nahm sein Geständnis wieder auf. Es war wichtig, es war die einzige Rettung. Er hatte nie irgendetwas gespendet, egal wie viel er verdient hatte. Mittlerweile weinte er wieder heiser, seine pappige Zunge schien sich bei jedem Wort am Gaumen festzusaugen.

Die Sache mit der Praktikantin war das Letzte, das ihm einfiel. Natürlich hatte er so getan, als könne er sie einstellen, wenn sie mit ihm schlief. Ja, er hatte auch eine Flasche Sekt mit ihr getrunken, damit sie ihre Schüchternheit überwand. Bereitwillig große Versprechungen gemacht, als er spürte, dass das junge, hübsche Ding immer noch zögerte. Und nein, er hatte keine einzige ihrer hoffnungsvollen Mails je beantwortet und war nie ans Telefon gegangen, wenn ihre Nummer angezeigt wurde. Im Gegenteil, insgeheim hatte er sich sogar noch über ihre Naivität lustig gemacht. Schluchzend versprach er noch einmal, ein besserer Mensch zu sein, wenn nur Rettung kam. Erneut drehte sich die Welt kurz um ihn, doch diesmal vermochte er seinen Mageninhalt bei sich zu behalten.

„Du hast ja recht, ich bin ein Arschloch. Aber ich hab alles gesagt ...", wimmerte er in Bobbys Richtung.

„...ich mach's nie wieder, ich mach nie wieder was falsch, nur bitte, bitte lass mich raus ...!", flehte er ihn an.

Bobby bedachte ihn mit sanftem Blick, dann schlief Josef entkräftet ein.

Als er das nächste Mal wach wurde, schienen seine Lider Tonnen zu wiegen, es dauerte Minuten, bis es ihm gelang, sie tatsächlich zu öffnen. Seine Augen schmerzten und fühlten sich an, als habe jemand großzügig Sand darin verteilt. Immer noch alles an seinem Platz. Nur Bobby war etwas näher gekommen. Oder? Er lächelte zumindest. Doch, Josef war sich sicher, dass er ihn anlächelte, und nahm das als gutes Zeichen. Außerdem musste er pinkeln. Vorsichtig brachte er sich in eine aufrechte Position und ließ die Hosen herunter.

Dann formte er die Hände zu einer Schale. Es brannte und was er darin vorfand, hätte nicht einmal ein Schnapsglas gefüllt. Kurz musste er sich überwinden, dann trank er die dunkle, bittere Flüssigkeit, trotz Ekel und Erniedrigung. Das nutzt doch nichts, kommentierte sein Gehirn gnadenlos, deine Nieren geben langsam den Geist auf - doch ihm war es gleichgültig, der Durst hatte ein nie gekanntes Niveau erreicht und er wollte leben, trotz allem. Wenigstens hatte er jetzt keinen Hunger mehr.

„Ich hab Angst", flüsterte er und Bobby nickte verständnisvoll, Josef konnte sein Mitgefühl spüren, als er seine Hand berührte. Gleichzeitig übermannte ihn unglaubliche Traurigkeit. Sollte es wirklich so zu Ende gehen? Die Vorstellung war kaum auszuhalten. Im Grunde hatte er das immer noch selbst in der Hand, sagte er sich leise und stand auf. Wenn schon nicht wann, dann doch wenigstens wie – bevor er hier verreckte wie ein Häftling im Kerker.

Entschlossen, wenn auch unsicher wie ein Blinder und auf wackeligen Beinen, tastete er sich bis zum hintersten Blechspind vor, fummelte mit zitternden Fingern eine der Weihnachtskugeln zutage und wanderte dann, die Beute fest umklammert, unendlich langsam zurück. An seiner Bettstatt angelangt, musste er vor Schwindel zunächst einige Minuten mit geschlossenen Augen verweilen, bis ihm die nächsten Schritte gelangen. Mit bebenden Händen zerschlug er die Kugel und drückte die schmale, gläserne Scherbe mittig in das Fleisch seines Unterarms, so fest er konnte. Die Haut klaffte einige Millimeter weit auf, öffnete sich wie ein weißer, toter Mund mit weinrotem Grund. Aber nur wenige, dunkle Tropfen Blut bahnten sich ihren Weg im Schneckentempo seinen Arm hinab, um dort träge von seinen Fingerspitzen zu rinnen. Mit zusammengebisse-nen Zähnen schnitt er auch die andere Seite auf und ballte ein paar Mal die Fäuste. Es nutzte nichts.

Selbst dabei versagte er kläglich – auf einmal war er beinahe froh zu sterben, so abgrundtief verzweifelt und von allen verlassen fühlte er sich. Was die, die ihn so vorfinden würden, wohl denken mochten, fragte sich Josef kurz, tauchte die Fingerspitze in sein Blut und schrieb „Ich hab euch lieb." auf den Jahresbericht 2013. Mehr nicht, aber für mehr hätte seine Energie auch nicht ausgereicht. Er fror erbärmlich.

„Bitte lass es wenigstens schnell gehen ...", bat er Bobby.

Vor Anstrengung keuchend, ließ er sich auf sein La-ger zurücksinken, dann kam unvermutet der erste Krampf. Seine Beine schienen plötzlich aus Stein zu bestehen, er röchelte vor Schmerz, krümmte sich zu-sammen und vermochte sich eine ganze Weile keinen Millimeter mehr zu rühren. Es folgten zwei weitere, bis es endlich nachließ. Als Letztes registrierte er, dass Bobby liebevoll auf ihn herabsah, dann verlor er das Bewusstsein. Josef träumte von seinen Kindern, von besseren Zeiten, die es nie gegeben hatte, von Umar-mungen und einem Schmatzer auf die Wange seiner kleinen Tochter. Und von Wasser, von rauschenden Sturzbächen, Schwimmbädern und einem riesigen Glas.

Er konnte es ganz klar vor sich sehen, jede einzelne, hinaufperlende Gasblase messerscharf erkennen, den kühlen, mineralischen Duft einatmen und so viel daraus trinken, bis er zu platzen glaubte.

Irgendwann aber dämmerte er wieder hoch und übergab sich im selben Moment auf den Boden neben ihm. Nur wenige braunrote Tropfen. Den Blick gen Decke gerichtet, lag er danach da, jedes seiner Körperteile schien mit Blei gefüllt und kaum noch mit ihm verbunden zu sein. Josef bebte sacht. Seine entzündete Zunge schmerzte und war gleichzeitig taub, also streckte er sich mit letzter Kraft nach hinten und leckte vorsichtig am blanken Metall eines der Schränke. Es schmeckte nach nichts, aber die kühle, glatte Oberfläche tat gut. Mit rasselndem Atem sank er zurück. Sein Herz wummerte langsam und mühselig gegen seine Rippen.

„Lass mich nicht im Stich, ja?"

Er brachte kaum einen Ton heraus und war trotzdem sicher, dass Bobby ihn verstand. Vielleicht war das alles nicht so schlecht. Vielleicht ging es seinen Kindern besser ohne ihn und er hätte ohnehin niemals wirklich etwas geändert. Ganz bestimmt gab es schlimmere Arten zu sterben. Und seinen Kindern ging es besser ohne ihn. Ach, das hatte er gerade schon gedacht.

„Danke. Verzeih mir."

Bobby nickte erneut und die Welt um Josef herum wurde wieder dunkel.

Als er das nächste Mal den Tiefen seiner Ohnmacht entstieg, ahnte er, dass es das letzte Mal sein würde. Alles war sehr still, das einzige Geräusch schien von seinem nun nur noch unstet schlagenden Herzen zu kommen. Den Raum konnte er kaum erkennen. Josef fühlte sich absolut ruhig. Im Grunde war alles in Ordnung. Es gab ohnehin keinen Ausweg. Doch ganz loslassen konnte er noch nicht. Unter unmenschlichen Anstrengungen stemmte er sich von seinem Lager auf und kroch mit letzten Kräften auf Bobby zu, die funktionslos gewordenen Beine hinter sich herschleifend. Der ragte hoch über ihm empor, Gottheit und Gnadenbringer zugleich. Mühsam umgriff Josef dessen feste Wade und zerrte ihn dann hinter sich her. Raffte ihn Stück für Stück hoch zu sich, zurück auf sein Lager. Schlang den Arm um ihn. Kuschelte sich dankbar an den ihm nun warm und vertraut erscheinenden Leib. Er wollte nicht allein sein.

Lifestyle

Es ist absolut nicht, was Sie denken. Und damit meine ich, nichts Sexuelles. Aber vielleicht erzähle ich einfach von einem meiner gewöhnlichen Tage.

Als ich in der wohligen Wärme meiner Decke erwache, wünsche ich mir, wie jeden Morgen, mich wieder zurück in deren vertraute Umarmung fallen lassen und weiterschlafen zu dürfen. Und natürlich – ebenfalls wie jeden Morgen – tue ich es nicht. Spiele nicht einmal ernsthaft mit dem Gedanken, einfach liegen zu bleiben und blauzumachen. Dazu bin ich zu pflichtbewusst, zu gut erzogen, oder vielleicht auch einfach zu feige. Stattdessen stehe ich auf, quäle mich in den Designeranzug aus handgekämmter Schurwolle, wähle sorgfältig eine dunkelblaue Krawatte aus, so dezent, dass man ihr die Unsummen, die sie gekostet hat, sofort ansieht, und betrete mein Bad für das übliche Programm. Ich lasse mich von grellem Neonlicht blenden, blecke, nachdem ich fertig bin, probeweise die professionell gebleichten Zähne zu einem Lächeln und vermeide den Blick in den Spiegel. Ich sehe gut aus, keine Frage. Nicht umwerfend vielleicht, aber mit meinen 1,85 m, geradem Rücken, breiten Schultern, vollem, dunkelbraunen Haar und ohne den Ansatz eines Bauches eindeutig gut - „smart" würde man das mittlerweile vermutlich nennen. Trotzdem, und trotz meiner eigentlich nicht greisenhaften 38 Jahre, fühle ich mich manchmal wie ein alter Mann.

Nach einer kurzen Fahrt mit meinem neuen Mercedes – ich hasse den Geruch von Kunststoff und Lederpolitur – betrete ich pünktlich mein Büro. Ein knapper Gruß an Tiffany, meine Sekretärin, dann setze ich mich an meinen Schreibtisch. Tiffany ist, ganz dem Klischee entsprechend, eine vollbusige Blondine, die ich allerdings nicht deshalb, sondern wegen ihres ausgezeichneten Organisationstalents und der Tatsache, dass sie nichts von Tratsch hält, beschäftige. Geklatscht wird natürlich trotzdem - der ungeschriebenen Regel gehorchend, dass man über seinen Chef reden *muss* - und ich glaube, den Inhalt der mich betreffenden Gerüchte relativ genau zu kennen. Ich gelte als höflicher, freundlicher, höchstens ein wenig distanzierter Boss, der viel von seinen Mitarbeitern verlangt. Wobei man mir Letzteres selten übel nimmt, weil ich meinen Schreibtisch, an dem ich auch zu Mittag esse, selbst nie vor zehn Stunden Arbeit verlasse und zumeist wenigstens den halben Samstag dort verbringe. Wo auch sonst.

Da ich außerdem weder Familienfotos noch einen Ring an der Hand vorzuweisen habe, hält sich hartnäckig das Gerücht, ich sei schwul. Dass ich auf keiner einzigen Weihnachtsfeier mit der schönen Tiffany, oder sonst einem reizenden, weiblichen Geschöpf, verschwunden bin, hilft auch nicht gerade. Was mich soweit nicht stört – ganz im Gegenteil, ich wünschte manchmal, es wäre so. Wäre ich tatsächlich homosexuell, hätte ich vermutlich kaum Probleme damit, das zuzugeben. Dass ich bislang weder mit Männern noch mit Frauen etwas anfangen konnte, ist schon komplizierter, aber dazu später mehr.

Wenn ich nach Hause zurückkomme, ist es die meiste Zeit des Jahres schon dunkel, so auch heute. Der Ausblick auf das obere Viertel von Frankfurts Skyline hat mich ein kleines Vermögen gekostet – und dabei kann ich ihn nicht einmal leiden. Ich sehe so gut wie nie raus, das Panorama aus Stahlbeton rührt mich nicht und die unzähligen kalten, weißen Lichter bei Nacht wirken in meinen Augen nicht heimeliger als die Behandlungsleuchte beim Zahnarzt. Aber das gehört nun mal zu dem, was ich vorgebe zu sein. So wie, nebenbei bemerkt, auch der größere Teil meiner Wohnung, bestehend aus zwei Badezimmern, einer High-End-Küche mit Granitarbeitsflächen in Anthrazit und einer äußerst großzügigen Wohn-Esszimmer-Kombination mit bereits erwähnter Aussicht. Eingerichtet habe ich sie so modern, teuer und scheußlich wie möglich, ein Konglomerat aus Glas, Metall und schwarzem Leder, an der Wand irgendein großes, zeitgenössisches Kunstwerk voll greller Muster. Wenn ich Geschäftsfreunde zu einem Dinner oder Ähnlichem einladen muss, sehen sie genau das, was man von mir erwartet. Eine Ausnahme bildet nur mein Schlafzimmer, doch das hat noch nie jemand außer mir betreten und ich werde tunlichst vermeiden, dass sich das jemals ändert.

Was mich wieder einmal zu der Frage bringt, ob ich eigentlich normal bin oder bereits auf der anderen Seite dieser unsichtbaren Grenze der geistigen Gesundheit wandle. Vor einigen Jahren war ich deshalb sogar beim

Psychologen, einem Analytiker, wie mir das edel gravierte Praxisschild verriet. Der Mann sah, mit grau meliertem Haar, steiler Falte zwischen den Augen, einer tickenden Taschenuhr und einem Stapel Bücher auf dem Schreibtisch, aus wie einem alten, amerikanischen Film entstiegen. Als ich ihm gegenübersaß, war ich mir trotzdem nicht mehr sicher, ob es eine gute Idee gewesen war. Immerhin musste ich auf keiner Couch liegen. Dennoch fühlte ich mich ungewohnt unwohl, als ich ihm von meinem Leben und meinem Problem – ohne bis dahin selbst entschieden zu haben, ob es sich nun eigentlich um ein solches handelt – berichtete.

Die nächsten 45 Minuten versuchte er, zu meinem zunehmenden Unbehagen, irgendetwas Sexuelles aus mir heraus zu kitzeln. Nein, ich befriedige mich nicht selbst, während ich ein Halsband trage. Ich trage überhaupt kein Halsband. Ich möchte auch nicht die Befehle einer stiefeltragenden Dame befolgen, und *schon gar nicht* von eben dieser mit einer Gerte auf den blanken Po geschlagen werden. Das erschien ihm befremdlich. Und ich sah mich endgültig fehl am Platz. Beim nächsten Termin schlug er mir vor, einfach einen Hund zu kaufen. Ich hielt es zu diesem Zeitpunkt für müßig, ihn darauf hinzuweisen, dass dieser Vorschlag schon aufgrund meiner Arbeitssituation jeglicher Realität entbehrte. Abgesehen davon, dass es nicht das war, was ich wollte, wusste ich spätestens in diesem Moment, dass er niemals begreifen würde, und ging nicht wieder hin. Natürlich weiß ich im Prinzip, woher es rührt, mir fehlten auch nicht die Worte, ich bin gemeinhin ein eloquenter Mann. Es war ein Widerwille, es seinen gierigen, verständnislosen Augen zu offenbaren, es schien mir zu seltsam, zu verletzlich.

Ich vertreibe die unangenehmen Erinnerungen, ziehe mir T-Shirt und Jogginghose an, während mein Essen in der Mikrowelle dümpelt, und kippe das gar gewordene Ergebnis in einen großen Blechnapf. Auf die Idee, Hundefutter zu mir zu nehmen, bin ich noch nie gekommen. Ich habe einmal daran gerochen und festgestellt, dass es definitiv nichts ist, das meinen Appetit anregt. So gerüstet, betrete ich mein Schlafzimmer und schließe die Tür hinter mir ab. Der Schalter neben dem Rahmen setzt den Gaskamin in Gang – nicht so schön wie ein echter, aber immerhin ein Kompromiss –, mehr Licht brauche ich nicht. Ich lasse mich vorsichtig auf alle Viere nieder und atme tief durch, sonst ist nichts nötig, um all den Stress loszulassen und mein ganzes restliches Leben zu vergessen.

Dieses Zimmer ist das genaue Gegenteil desjenigen, das ich gerade verlassen habe: Hier liegt dicker, weicher Teppich, es gibt ein großes, altes Sofa von undefinierbarer Farbe, aber so weich, dass man darin versinkt, ein Regal, das gerade bis zum Knie reicht, und einen breiten Bildschirm auf derselben Höhe. Eigentlich stört mich der Anblick der Technik, aber es ist die einzige Möglichkeit, meine Aufnahmen laufen zu lassen. Ich hatte mir extra ein paar Tage freigenommen – etwas, das ich mir sonst niemals erlaube -, um sie anzufertigen. Nun konnte ich mir endlose Stunden menschenleere, weite Wiesen und stille Wäldchen ansehen, außerdem sonnenbeschienene Hinterhöfe – in einem, in dem ich mich besonders unbeobachtet fühlte, hatte ich sogar einen großen, roten Ball springen lassen – und hölzerne Veranden. Eine Abfolge von Frieden und Wohlgefühl.

Sonst ist da natürlich noch mein Korb: Ich hatte dem Verkäufer etwas von einer Deutschen Dogge erzählt und ein riesiges, bequemes Exemplar erworben. Passend dazu ein großes, flauschiges Plüschspielzeug, um das ich mich wickeln konnte. Und außerdem das Poster. Eigentlich hatte es Püppi zeigen sollen und ich hatte sehr viel Geld und Mühe darauf verwandt, ihn aus dem einzigen griesigen, alten Foto, das ich von ihm besaß, auszuschneiden, zu vergrößern und auf eine ansprechende Qualität bringen zu lassen. Doch als das Bild fertig war und ich es aufhängte, musste ich ernüchtert feststellen, dass mich der Anblick in seiner ganzen Leblosigkeit deprimierte. Nun hängt dort ein fremder Hund, ein zusammengerollter, wuscheliger Knubbel, dessen süßer, wacher Blick mich im ganzen Raum beobachtet.

Püppi ... ich weiß, dass der Name albern klingt, aber ich war ja auch erst fünf, als das Fellknäuel in mein Leben trat, aus einer Laune meiner Mutter heraus, die - zu meiner eigenen Überraschung - meinem monatelangen Betteln nachgegeben hatte. Und dann war Püppi eingezogen, ein gold-beiges Bündel, nicht einmal fünf Kilo schwer, aber mit riesigen Pfoten und ebenso großen, pechschwarz glänzenden Augen. Am Anfang hatte ich mich kaum getraut, das kleine Kerlchen anzufassen, aus Angst, ihm mit meinen ungeschickten Patschehändchen wehzutun, doch bald waren wir ein Herz und eine Seele. Wo der eine hinging, folgte der andere, zusammen entdeckten wir die Welt, die gemeinsam viel weniger unheimlich erschien. Zumindest zwei Jahre lang.

Ich hatte es mir zur Angewohnheit gemacht, mich in Püppis Nähe auf dem Boden zusammenzurollen, wenn niemand da und wir müde von unseren Ausflügen waren, und ihn, seine Position möglichst genau nachahmend, manchmal stundenlang zu beobachten. Er zuckte im Schlaf mit den Pfoten, wenn er träumte, und mir wurde niemals langweilig. Ein paar Mal hatte mein Vater mich dabei erwischt und geschimpft, doch ich hatte mir nichts dabei gedacht. Er schimpfte oft. Vielleicht aber lag es daran, dass er, als ich sieben war, aus heiterem Himmel beschloss, Püppi wegzugeben – meine ohnehin ausgezeichneten Noten sollten nicht unter dieser Ablenkung leiden. Alles Flehen und Weinen half nicht, nicht einmal, dass ich drei Tage lang nichts aß, sie brachten ihn mir nicht wieder.

Nicht, dass das jetzt einen falschen Eindruck erweckt. Ich hatte keine schlimme Kindheit, es gibt keine grausige Geschichte von Schlägen oder Missbrauch und ich wurde auch nicht in den Keller gesperrt. Mir ist bewusst, dass es vielen Kindern wesentlich schlechter geht und ich ein privilegiertes Leben genossen habe. Zugegeben, meine Eltern waren nicht oft da, aber sie wollten immer das Beste für mich und haben mich stets gefördert. Ich war auf den besten Schulen, hatte die besten Lehrer, auch wenn ich manchmal neidisch zusah, wie andere Jungen von ihren Vätern abgeholt und umarmt wurden. Oder gewünscht hätte, dass meine Mutter eine meiner zahllosen Hundezeichnungen aufgehängt hätte. Trotzdem hatte ich kaum Grund, mich zu beschweren. Schließlich kann man sehen, was aus mir geworden ist.

Ich verscheuche diese Gedanken und mache mich stattdessen über meine Nudeln her, lecke danach vorsichtig ein wenig Wasser aus der anderen Schüssel und schalte den DVD-Player ein. Ganz langsam und bewusst krabbele ich unter die dicke, karierte Steppdecke, die in meinem Korb liegt, drehe mich ein paar Mal um die eigene Achse, bis ich eine gemütliche Position gefunden habe, und lege mich mit einem erleichterten Seufzer hin. Mein Blick wechselt zwischen der eingerollten Gestalt des fremden Welpen und den Bildern von Gras und Sonne hin und her, ich sehe den roten Ball über den staubigen Beton hüpfen, dann fallen mir die Augen zu. Hinter geschlossenen Lidern liegt wieder Püppi vor mir, ich kann jedes einzelne Härchen an seiner weichen Schnauze erkennen, begegne seinem unschuldigen Blick und spüre noch einmal jene Augenblicke des vollkommenen Glücks, die wir miteinander geteilt haben.

Krebs

Gastgeschichte von Caro

So zart wie möglich fuhr sie mit der Bürste durch ihr seidiges, kastanienbraunes Haar, doch es nutzte nichts, am Ende lagen trotzdem wieder ganze Strähnen im Waschbecken. Eigentlich bildeten sie einen hübschen Kontrast zum strahlend weißen Porzellan, doch das änderte nicht das Geringste an ihrer Trauer. Behutsam strich sie mit den Fingern über die Kopfhaut, tastete nach den kahlen Stellen, die ihrer Ansicht nach schon wieder größer geworden waren. Wie oft war sie in den letzten Monaten zu Doktoren gelaufen, zu Allgemeinmedizinern, Hautärzten, Endokrinologen und Haarspezialisten, doch es hatte nicht geholfen, eine Erklärung schien es nicht zu geben. Das Einzige, was ihr alle unisono bescheinigten, war eine ausgezeichnete Gesundheit. Sie war noch nicht einmal in den Wechseljahren – es wäre auch ein wenig früh gewesen, im Alter von gerade 40. Selbst Peter, der ihrem Aussehen sonst kaum noch Beachtung schenkte, war es aufgefallen, und er hatte es mehr als einmal zum Anlass genommen, sie zu verspotten. Immerhin hatte er früher vor seinen Freunden mit ihr angegeben, mit ihrer guten Figur und natürlich der langen, dunklen, in sanften Wellen bis fast zum Po hinabfallenden Mähne.

Doch diese Zeiten waren lange vorbei, mittlerweile machte Peter kein Hehl mehr daraus, wie hässlich er sie fand. Dabei sagte Anne, dass sie sich gut gehalten habe, bloß könne sie mehr aus ihrem Typ machen. Make-up oder Schmuck zu tragen, wagte sie allerdings nicht, Peter hatte ihr einige Male in deutlichen Worten klargemacht, was er davon hielt. Sie solle nicht wagen, wie eine Hure herumzulaufen. Mittlerweile schämte sie sich jedoch sogar, bloß zur Arbeit zu gehen, und die Zeit, die sie morgens im Badezimmer benötigte, um mit ihrer restlichen Frisur möglichst geschickt die Löcher zu überdecken, wurde jeden Tag länger. Dabei arbeitete sie eigentlich so gerne in dem kleinen Kleidungsgeschäft unten im Dorf. Letzten Herbst hatte die Chefin ihr sogar angeboten, von Teilzeit auf Vollzeit zu wechseln, und sie hätte wirklich gern angenommen, aber Peter hatte es natürlich nicht erlaubt.

Seufzend ging sie in die Küche hinab und begann abzuspülen, als sie die Eingangstür ins Schloss fallen hörte. Wie immer wurde ihr ein wenig enger ums Herz, als er hereinkam, doch daran hatte sie sich gewöhnt. Grußlos betrat er den Raum.

„Hast du die Schweine schon gefüttert?"

„Nein, bitte entschuldige, könntest du vielleicht…?"

Sie war zierlich und in den letzten Wochen bereitete ihr das Heben der schweren Säcke voller Blut- und Fischmehl zunehmend Schmerzen im Kreuz. Der Schlag traf ihren Kiefer so schnell und überraschend, dass es ihr nicht mehr gelang, auszuweichen. Das war ärgerlich, denn eigentlich war sie mittlerweile geschickt genug, um dem ersten Hieb zu entgehen und die folgenden mit dem Körper abzufangen. Als er für dieses Mal mit ihr fertig war und das Zimmer verlassen hatte, stand sie auf und wickelte routiniert ein paar Eiswürfel in ein Handtuch, um damit ihre Wange zu kühlen. Man würde natürlich trotzdem etwas sehen, und sie würde wieder ihr teures Camouflage-Make-up heraussuchen müssen, das sie nun schon eine ganze Weile nicht mehr benötigt hatte.

Als sie später ächzend das Futter in die dreckigen Rinnen schüttete, verfluchte sie die Tiere einmal mehr. Wie schon Millionen Male zuvor. Sie wusste, es sollten intelligente, sensible Lebewesen sein, doch sie konnte sich nicht helfen, sie hasste sie. Verabscheute die Art, in der sie sie mit ihren gierigen, kleinen Äuglein anglotzten, und dass sie immer auf ihre Waden aufpassen musste, weil sie hineinzubeißen suchten, kaum dass sie die Ställe betrat. Von dem Geruch des Mistes wurde ihr auch nach all den Jahren schlecht. Aber Peter war die kleine Zucht heilig, und abgesehen davon, dass sie ein Zubrot zu ihrem halben und seinem mageren Gehalt als LKW-Fahrer zugegebenermaßen gut gebrauchen konnten, nutzte er sie vor allem für den Eigenbedarf. Die Tage, an denen er einen Hausschlachter bestellte und die Kadaver dann fein säuberlich im Keller zerlegte, widerten sie besonders an, all die Eingeweide und das Blut ekelten sie. Und sowieso aß sie viel lieber Geflügel. Doch auch daran hatte sie sich mit der Zeit gewöhnt, wie an so vieles.

Es wurde immer schlimmer, und langsam musste sie sich eingestehen, dass es so nicht mehr weitergehen konnte. Also fuhr sie dieses Mal nicht zu ihrem Stammfrisör unten im Ort, sondern verbrachte eine halbe Stunde im Bus, damit sie ganz sicher niemand kennen würde. Auf dem Stuhl, zwischen all den Gerüchen von Shampoos, Sprays und Farben, war sie im ersten Moment viel zu verunsichert, um überhaupt irgendetwas zu sagen. Eine junge Frisörin erschien, wuselte geschäftig um sie herum, musterte sie rasch, stockte dann und meinte betroffen:

„Ohje, ich seh' schon, was los ist!"

Sie öffnete den Mund, um etwas zu entgegnen, doch da kam die Frau erst richtig in Fahrt:

„Mein Gott, das tut mir ja so leid für Sie! Meine Tante hatte es auch, es ist in der Brust, richtig? Bestimmt wollen Sie es ganz, ganz kurz haben, damit man es nicht so merkt, nicht?"

Überwältigt von dem Wortschwall schloss sie den Mund wieder, dann auch die Augen und ließ die andere einfach machen, als sie mit dem Schergerät anrückte. Auch währenddessen redete jene unablässig, und als sie schließlich zufrieden schien, bezahlte sie die junge Frau wortlos und ohne einen einzigen Blick in den Spiegel geworfen zu haben.

Wie betäubt fuhr sie heim, ging hinauf ins Badezimmer und blickte entsetzt ihr Konterfei an. Im ersten Augenblick erkannte sie sich nicht einmal wieder. Die Frau mit den kaum streichholzlangen Stoppeln, so kurz, dass sie beinahe schon kahl aussah, musste eine Fremde sein. Die Hand vor den Mund geschlagen, verharrte sie minutenlang vor ihrem Abbild und konnte es gar nicht fassen. Voller Abscheu berührte sie ihren Schädel, schauderte bei dem ungewohnten, igeligen Gefühl und spürte, wie ihr die Tränen über die Wangen liefen, obwohl sie doch schon seit Jahren nicht mehr geweint hatte. Mechanisch erledigte sie die Hausarbeit und konnte doch nicht verhindern, immer wieder nach ihrem Kopf zu tasten. Was sie erwartete, wenn Peter heimkam, daran wollte sie lieber gar nicht denken.

Das Donnerwetter fiel erwartungsgemäß groß aus, ihr Mann tobte regelrecht, als er von der Arbeit zurückkehrte, und ihr fiel nichts ein um sich zu verteidigen. Und als sie nun im Bad auf dem Klodeckel saß, nasse Handtücher auf den ärgsten Flecken verteilt, und seinem rasselnden Schnarchen lauschte, dachte sie bei sich, dass sie es ja auch irgendwie verdient hatte, hässlich wie sie nun war. Dieser Gedanke ließ sie auch in den nächsten Wochen nicht mehr los, nistete sich regelrecht ein. Ihr Rücken tat weh? Egal, sie war hässlich. Peter war wieder besonders gemein? – und in letzter Zeit ließ er keine Gelegenheit aus um sie zu demütigen – das geschah ihr Recht, sie abscheuliches Stück. Irgendwann begann es, ihr egal zu werden. Wenn sie sowieso nichts mehr richtig machen, sowieso nichts mehr ändern konnte, wozu sich dann überhaupt anstrengen? Ein paar Mal erwischte sie sich sogar dabei, Peter Widerworte zu geben, was ihr zunächst irritierte Blicke, dann Ohrfeigen einbrachte.

Ganz anders lief es dagegen bei ihrer Arbeit. Obwohl sie ihre beiden Kolleginnen, insbesondere aber Anne, mochte, hatte sie nie sonderlich viel mit ihnen zu tun gehabt. Manchmal hatte sie überlegt, ob sie sie wohl einmal nach einem gemeinsamen Nachmittag im Café fragen könnte, doch dann hatte sie sich nie getraut. Nun aber starrten sie beide an, und kaum hatten sie Mittagspause, zog Anne sie am Arm auf die Toilette.

„Warum hast du mir denn nichts gesagt?"

Einen Moment lang hatte sie keine Ahnung, was Anne von ihr wollte, dann jedoch dachte sie an die vielen überschminkten Veilchen und aufgeplatzten Lippen und blickte beschämt zu Boden. Irgendwann hatte das ja kommen müssen.

„Deshalb sahst du immer so müde aus und hattest manchmal so dunkle Augenringe... Ist es denn sehr schlimm? Ist dir oft übel? Du sagst schon, wenn du mehr Pausen braucht, ok?"

Sie nickte verblüfft und antwortete in der Folge nur vage, wusste zunächst nicht, was sie davon halten sollte. Abends allerdings wurde ihr klar, dass Anne demselben Irrtum erlegen war wie zuvor die Frisörin, und sie schämte sich, dass sie das Missverständnis nicht gleich aufgeklärt hatte. Morgen würde sie das als Erstes tun.

Zuhause schien es jeden Tag kälter und Peter jeden Tag gereizter zu werden. Sie gab sich alle Mühe, ihn zu beschwichtigen, kochte sein Lieblingsessen und beklagte sich nicht mehr über die elende Schinderei mit den Schweinen. Trotzdem, er nutzte jede Gelegenheit, um sie anzuschreien und die Fäuste fliegen zu lassen, einmal spuckte er ihr sogar mitten ins Gesicht - so weit war es bisher noch niemals gekommen. Auf ihre Haare hatte er sich besonders eingeschossen. Gleichzeitig aber erwischte sie sich immer häufiger dabei, beinahe wütend zu sein – ein Gefühl von überraschender Intensität, an das sie sich zuletzt bei den endlosen Wortgefechten in ihrer Jugend mit ihrem Vater erinnerte. Dann ballte sie die Fäuste, während sie die Schweine fütterte, redete leise mit sich selbst, während sie Staub wischte. Sie konnte doch nichts dafür, es war doch nicht ihre Schuld, dass sie so entstellt war!

Was sie nach wie vor tröstete, war die Arbeit. Zu ihrer Schande vor allem, weil sie sich immer noch nicht hatte überwinden können, die Wahrheit zu sagen – mittlerweile gingen alle fest davon aus, dass sie Krebs hatte, und sie wusste wirklich nicht mehr, wie sie da herauskommen sollte. Anfangs hatte sie bloß den richtigen Moment abwarten wollen, doch dann waren die Tage vergangen und es schien ihr immer absurder, etwas zu sagen. Alle waren so nett zu ihr, dass es sie ständig in Verlegenheit brachte. Und im Stillen hatte sie sich ja doch unheimlich gefreut, als Anne sie eines Tages gefragt hatte, ob sie einmal abends gemeinsam auf einen Wein – wenn ihre Gesundheit es denn zuließe! – ausgehen sollten. Sie hatte das Angebot nur zu gern angenommen, aufgeregt wie ein Schulmädchen, auch wenn sie damit einen erneuten Wutausbruch ihres Mannes provoziert hatte.

Trotzdem war es kaum noch auszuhalten, morgens schaffte sie es nur noch unter Mühen aus dem Bett, mehr als einmal urinierte sie Blut, und die Stunden, in denen Peter zuhause war, wurden ihr zur Qual. Eines Nachts, sie schlief schon, als er aus der Kneipe zurückkehrte, packte er sie grob und drehte sie ohne ein Wort auf den Bauch. Ehe sie richtig wach geworden war, fiel er über sie her - so brutal, dass sie tags darauf kaum sitzen konnte - und stöhnte ihr dabei ein ums andere Mal „Dir zeig ich's, du glatzköpfige Schlampe!" ins Ohr. Danach lag sie, gelähmt vor Entsetzen und Schmerz, still da und konnte keinen klaren Gedanken fassen. Schon so viele Jahre hatte er nicht mehr mit ihr geschlafen, sie hatte immer angenommen, dass er anderswo Frauen hatte, und anhand des Geldes, das er ausgab, dass er für diese bezahlte.

Am Nachmittag darauf verprügelte er sie in der Küche, weil sie vergessen hatte, den Keller mit Folie auszulegen, und er am nächsten Tag schlachten wollte. Wie in Trance zog sie sich an der Anrichte hoch, als er davongestürmt war, verharrte kurz schwer atmend und stakste ihm auf unsicheren Füßen in den Keller hinterher. Dort hockte Peter auf allen Vieren, fluchend und ohne sich ihrer Anwesenheit bewusst zu werden, während er die Plastikplanen auf dem Beton verteilte. Unter der blanken, von der Decke herabhängenden Glühbirne sah sein glänzend aus der Hose quellender Hintern selbst aus wie das Stück eines Schweins, dachte sie zusammenhangslos. Während sie ihn stumm beobachtete, fuhren ihre Finger wie automatisch wieder und wieder durch ihre Haarstoppeln, immer schneller, immer heftiger. Dann fiel ihr Blick auf das Bolzenschussgerät, das, neben säuberlich aufgereihten Messern und Ausbeinwerkzeug, friedlich auf einem Tapeziertisch lag. Ohne weitere Sekunden des Zögerns griff sie danach, trat zwei Schritte vor und setzte es ihm in den Stiernacken, genau zwischen zwei Speckfalten. Das scharfe Klacken des Auslösers hallte von den Wänden wider.

Nachdem sie es geschafft hatte, ihre verkrampften Finger von dem Gerät zu lösen, setzte sie sich zunächst auf den Boden und glotzte ins Leere, im Kopf nichts als Vakuum. Dann zog sie Peter aus und begann sorgfältig, ihn zu zerlegen. Wenn er sie gezwungen hatte, diese Arbeit bei den Schweinen zu erledigen, hatte sie sich stets sehr mitgenommen gefühlt, aber nun stellte sie verwundert fest, dass es ihr gar nichts ausmachte. Als sie damit fertig war und ihn ordentlich in Beutel verpackt in die Gefriertruhe gelegt hatte, saß sie wie in Trance in der Küche und rührte in einem Pfefferminztee, lange nachdem er schon kalt geworden war. Sie wusste, wo Peter seinen Rum aufbewahrte, und obschon sie sonst niemals trank, schenkte sie sich nun energisch das zweite Glas ein - das Brennen in ihrem Magen und den daraus resultierenden leichten Schwindel genießend. Dann setzte sie einen großen Topf mit allen Kartoffeln auf, die sie noch im Schrank fand, fügte eine Tüte Peter hinzu und brachte ihn hinaus zu den Säuen. Es war Freitag, morgen konnte sie noch mehr einkaufen, und bis Montag würden die Tiere ihn vollständig vertilgt haben, dann könnte sie ihn als vermisst melden. Eigentlich ironisch, dass seine Überreste nun ausgerechnet die Schweine glücklich machen würden, von denen er selbst im Laufe seines Lebens so viele verspeist hatte.

Danach würde sie sie verkaufen. Und endlich den kleinen Gemüsegarten anlegen, den sie schon immer hatte haben wollen. Leise lächelnd trank sie noch ein drittes Glas und hatte zum ersten Mal seit mehr als einem Jahrzehnt das Gefühl, wirklich frei atmen zu können.

Im Laden fasste Anne sie in einem ruhigen Moment an der Schulter.

„Hey, was ist denn mit dir los, du strahlst heute ja so?"

Sie betrachtete die Kollegin einen Augenblick lang erstaunt und spürte mit einem Mal, wie etwas von ihr abfiel, etwas Schweres, unendlich Bedrückendes. Dann strahlte sie befreit zurück:

„Ich habe es überstanden."

Anne umarmte sie herzlich.

Kurt mit Ballade

Es ist nur ein Traum. Ganz bestimmt. Wenn du die Augen zulässt, wird es auch nicht real.

Das blecherne Rasseln des Weckers unterbrach einen seltsamen Traum. Dunkel und kalt, dann blendendes Licht und ein schriller Schrei.

Er mochte die warmen Wasserperlen auch jetzt noch. Seine Frau hatte oft gescherzt, er brauche im Badezimmer länger als jede Diva. Doch ihn störte das nicht. Heimlich stellte er sich mit geschlossenen Augen vor, er stünde im Dschungel, in- mitten eines Regenschauers. Rundherum gigantische, dichte Blätter in satt leuchtendem Grün, monumentale Stämme und moosbedeckte Lianen. Er hatte ihr nie davon erzählt, weil es ihm lächerlich erschienen war – eine Sache mehr, die es nun zu bereuen galt. Seit letztem Jahr gelangen ihm die Bilder ohnehin nicht mehr, sie weigerten sich, lebendig zu werden, waren zur bloßen Erinnerung verkommen, wie alles andere.

Hektisch rubbelte Kurt sich trocken – verdammt, er hatte schon wieder viel zu lange getrödelt! Normaler- weise brauchte er höchstens zehn Minuten. Im Stehen schob er sich ein Schinkenbrot zwischen die Zähne. Lag bestimmt am schlechten Schlaf. Er hatte von seinem Jungen geträumt, bestimmt schon zum zweiten oder dritten Mal die Woche. Hatte er früher nie. Warum auch? Wobei, eigentlich nur von einem Jungen, berich- tigte er sich selbst, denn sein Sohn hatte braune Haare, soweit er wusste. Zumindest hatte Kurt braune Haare und die hübsche Kleine, die er bei der Hamburg-Tour mit seinen Kumpels aufgegabelt hatte, auch, meinte er sich zu erinnern. Die Frau hatte ihm ein Jahr später die Existenz des Bengels mitgeteilt, mehr nicht. Kurt schickte einen Hunderter im Monat und hatte noch keine Beschwerde gehört. Sechs müsste er mittlerweile ungefähr sein.

Kerzen ausblasen und Girlanden, Topfschlagen und Lachen. Seine Frau hatte alles in wunderbaren, altmodischen Fotoalben festgehalten, die er nie mehr anzurühren gewagt hatte.

Verärgert fuhr Kurt über die Stoppeln. Da hatte er sich doch gestern einfach den Schnurrbart abgenommen. In zwanzig Jahren hatte er sich nicht den verdammten Schnurrbart abgenommen! Aber als er sich die Wangen rasiert hatte, war er in Gedanken gewesen.

Da, vergiss unter der Nase nicht, sie hat doch immer gesagt, das igelt beim Küssen.

Da war er plötzlich futsch gewesen. Bescheuert sah das aus.

Hinein in den Wagen. Klimaautomatik an, Lieblingsplaylist per Sprachbefehl und ein paar friedliche Minuten vor der Welt verstecken, bevor das Büro ihn verschluckte. Er mochte seinen Job, war gerne Architekt, das war nicht das Problem. Doch sich tagtäglich den mitleidsschwangeren Blicken der Kollegen zu stellen, fiel ihm zunehmend schwerer. Anfangs hatte er geglaubt, es würde sich irgendwann geben, wenn er nur selbst nichts sagte, aber es gab sich nicht. Vielleicht, wenn er Freunde gehabt hätte, die ihm nahestanden. Doch so schleppte er sich nur noch voran – immerhin, auch das war bald vorüber.

Zuverlässig spuckte sein alter Golf 2 Kurt auf den Schotter des Parkplatzes, das bisschen Rost konnte ihm nichts anhaben. Keiner seiner Kumpels fuhr noch so eine antike Kiste, doch ihm lag an dem Ding. Ein Mann brauchte weder ABS noch Servo. Kurts Arme waren Eisen und er war stolz darauf – eine Muckibude hatte er nicht nötig. Kram in den Spind, schmuddelig-orangene Arbeitskleidung drüber und mit den anderen Jungs in den Wagen. Seit fast zwei Wochen fuhren sie zum selben Streckenkilometer, die Reparaturen zogen sich diesmal endlos. Wenigstens keine Nachtschichten mehr. Die waren ätzend, selbst ohne Katastrophen. Der alte Diesel holperte keuchend von Schlagloch zu Schlagloch.

„Was summst'n da?"

Rainer hatte eine Augenbraue hochgezogen.

„Hm? Keine Ahnung."

Die Moldau. Eigentlich hörte er lieber Jazz, aber Smetanas Huldigung an den Fluss war einfach wunderschön.

Kurt hustete unangenehm berührt. War nicht gut, wenn die anderen das merkten. Nervte ihn schon selbst genug – es wurde Zeit, dass der Quatsch endlich aufhörte. Er bemühte sich, nicht zu viel darüber nachzudenken, aber Kurt hätte gelogen, wenn er behauptet hätte, dass es ihn nicht beunruhigte. Manchmal merkte er es gar nicht so, hatte sich halt dran gewöhnt. Manchmal war's auch bisschen unheimlich. Aber so was hatte man vermutlich mal, oder? Stress oder so. Vielleicht hatte Rainer auch recht und er brauchte mehr Ablenkung. Netter Kerl, spielte Fußball und las Krimis. Kurt setzte sich, wenn er heimkam, eigentlich nur noch vor den Fernseher. Glotzte stumm zwei Stunden hinein und legte sich ins Bett. Samstagabend zog er sich ein sauberes Hemd an und ging aus, Bier, Würfeln, was man eben so machte. Es war immer das Gleiche, aber er hätte nicht behauptet, dass er darunter litt.

Die Sonne blendete beinahe schmerzhaft vom türkisblauen Himmel, keine Wolke war zu sehen. Dafür war es scheißkalt. Letzte Woche hingegen hatte es immer wieder geregnet, alles war glitschig gewesen. Einen Tag nach der Scheiße hatte er sich fast den Daumen von der Hand geschnitten, als er Rainer mit der Dechsel an ein paar alten Schwellen geholfen hatte. Mieses Gefühl war das gewesen - er hatte erst mal zwei rauchen müssen, um runterzukommen.

„Alles ok?", hatte sich Rainer erkundigt.

„Klar" – aber die Pumpe war ihm fast durch die Brust gesprungen.

Er war einfach viel zu oft abgelenkt. Doch jetzt musste sich Kurt wirklich konzentrieren. Die Funken schossen von den Schienen wie ein Feuerwerk aus Metall, aber durch das Visier waren sie nicht mehr als ein Schwarm Glühwürmchen. Die Nähte mussten sauber werden, sonst dauerte das nur noch länger, wenn er alles nacharbeiten musste. Während das Eisen flüssig und rot glühend in Form gezwungen wurde, drifteten seine Gedanken wieder ab. Zu dem Wrack, nicht einmal mehr als Auto zu erkennen, die A-Säule um fast 90 Grad geknickt, die Frontscheibe von der Feuerwehr aufgeklappt wie eine Operationswunde. Kurt schüttelte sich - was war das nun wieder für ein Unfug? Was für'n Wrack überhaupt? Da war nur der Typ gewesen, sonst nichts. Das Tyfon gab RO 2 aus, alle traten zurück und steckten sich in der willkommenen Pause eine Kippe an. Sie war schon längst ausgeraucht, als der ICE endlich vorbeirauschte, ihnen die Haare zu Berge stehen ließ, den Staub ins Gesicht wehte.

Vielleicht, wenn er gefahren wäre. Vielleicht, wenn sie eine halbe Stunde später gefahren wäre ... ach, es hätte alles anders sein müssen. So viel Hoffnung ... zerronnen, in einem Augenblick. Er fühlte sich betrogen.

Urplötzlich ergriff Kurt kalte Angst bei der Vorstellung, nach Hause zu fahren. Seine Bude zu betreten und leer vorzufinden, ließ ihm unwillkürlich Gänsehaut über den Rücken laufen. Wieso? Normalerweise war er froh zurückzukommen, nach neun Stunden harter, gleichförmiger Arbeit wäre doch jeder froh gewesen. Vielleicht sollte er sich heute Abend einfach diese Flasche Wein gönnen. Kurt konnte sich nicht wirklich daran erinnern, wann er sie gekauft hatte – irgendwann letzte Woche -, vor allem, weil er gar keinen Wein trank. Und so was Französisches, dessen Namen er nicht aussprechen konnte, schon mal lange nicht. Egal, der Wirkung würde das wohl keinen Abbruch tun.

Vergiss den Friedhof nicht. Du musst sie vorher noch einmal besuchen, damit sie Bescheid wissen.

Kurt nickte und wischte sich den Schweiß von der Stirn, dunkle Schlieren, seine Körperflüssigkeit gemischt mit winzigen Metallpartikeln. Sie liefen ein paar hundert Meter weiter. War das nicht die Stelle? Keine Ahnung, bei Tageslicht sah alles total anders aus. War ja

auch nicht so wichtig. Aber die dunklen Flecken da ... das war doch Blut, oder? Quatsch. Irgendwelche Flecken. Das Blut war von all dem Regen doch längst abgewaschen worden. Kurt gab sich Mühe, sich auf den Aufbau des Thermit-Schweißgeräts zu konzentrieren. Doch das war schwierig, denn er kannte jede Maschine, jedes Gerät und jedes Werkzeug so gut wie seinen eigenen Körper. Bloß seinen Kopp, den kannte er nicht mehr, ging ihm in dem Moment durch eben jenen. Verdammt. Kurt schnaufte tief durch und sog den Geruch heißen Stahls in seine Lungen – er kam für ihn dem Gefühl von Heimat näher als seine angeranzte Bude.

Der Friedhof!

Ja doch! Mehr noch störten ihn die Bilder, die nicht verschwinden wollten. Dabei konnte ihm der Typ doch vollkommen wumpe sein. Beschissen war das gewesen, all die Stücke, all die Sachen, die eigentlich in einen Menschen gehörten. Er war ein bisschen vorgegangen und glatt reingestiegen. Widerlich. So was musste man nicht sehen, wirklich. Hätte eigentlich auch nicht ihr Problem sein sollen, war aber halt passiert. Pech. Scheiß-Nachtschichten. Doch obwohl sich Kurt hartnäckig weigerte, diesem Ex-Menschen irgendeine Bedeutung beizumessen, wurde er die scheußlichen Bilder nicht los. Was ein Zug mit einem Körper anrichtete, war einfach ekelhaft. Einen Kilometer Bremsweg hatte so ein ICE auf freier Strecke, mindestens. Keine Chance, rechtzeitig anzuhalten. Sie waren eigentlich nur zufällig da gewesen, der Baustelle wegen. Wäre ja auch nicht nötig gewesen, dass sich der Idiot ausgerechnet da hinlegte.

Dass es ein Typ war, wusste Kurt eh nur, weil er Teile gefunden hatte, die an einer Frau eben nicht dran waren. Streng genommen waren sie auch nicht mehr an ihm dran. Rainer hatte ungeniert ins Gleisbett gekotzt. Ihm selbst war nur ein wenig eigenartig gewesen, ein Summen im Schädel und ein Stich in der Schläfe, als hätte er sich sein Elektroschweißgerät an die Birne gehalten.

Nicht einmal seltsam war es, zum letzten Mal hier gewesen zu sein. Über den glatten Marmor zu wischen, frische Blumen abzulegen - wie immer. Auf gewisse Weise hatte er sich eingebildet, dass auch alles rund um ihn herum hätte verändert sein müssen. Besonders strahlend vielleicht oder, ganz im Gegenteil, zutiefst melancholisch. Stattdessen schnitt ihn ein Lexus auf dem Heimweg.

Da setzte sich doch glatt so ein Arschloch in Bonzenkarre genau vor ihn. Kurt fuhr so dicht wie möglich auf – dem würde er mal einen ordentlichen Schreck einjagen.

Scheiße, irgendwas war wirklich nicht ok mit ihm! Er war in seiner Wohnung – das war ok –, aber es war längst dunkel und seine Augen, sein Hals fühlten sich an, als habe er geflennt. Vielleicht brauchte er doch so einen blöden Hirnklempner. Auf jeden Fall war irgendwas durcheinandergeraten in seinem Leben. Dabei war das sonst so einfach. Jeder Tag, jede Woche, jeder Monat und jedes Jahr glich dem vorangegangenen und das würde sich auch nicht ändern. Ja, manchmal hatte er schon kindische Gedanken. Träume von Reisen in irgendwelche exotischen Länder und anderen Blödsinn.

Aber eigentlich war alles prima. Besser jedenfalls als dieser Mist. Ziellos irrte Kurt durch die Wohnung, in der einen Hand die Flasche Wein, mit der anderen

Das Bett.

das Bett ordentlich machend,

Der Müll, sonst stinkt es doch bald ganz entsetzlich.

den Müllbeutel zuknotend und allerlei Kram aufräumend. Was sollte das?

Er war so traurig, hatte nicht geglaubt, noch einmal so schrecklich traurig sein zu können, gerade jetzt nicht, wo doch alles gut werden würde.

Das vermaledeite Haustürschloss klemmte schon wieder. Na, auch schon egal. Kurt wusste nicht einmal, warum es ihn überhaupt hinaustrieb, aber der Drang war zu stark, als dass sein weinseliger Kopf etwas dagegen ausrichten konnte. Morgen war das Theater endgültig vorbei. Keine Ahnung warum, aber war halt so.

Sei mutig. Sei tapfer, nur noch das eine Mal! Sie hat immer gesagt, du bist ein tapferer Mann, enttäusch' sie nicht und sei jetzt tapfer. Denk an ihre süße, kompromisslose Liebe. Denk an den Krümel.

Es war so dunkel. Was tat er hier? Kurt sah seinen eigenen Atem als dichte, weiße Wolke vor seinem Gesicht stehen. Er hatte Schiss, wirklich üble Angst, und wusste nicht einmal, wovor. Zitterte richtig. Schwankte bisschen. Aber er musste mutig sein. Mutig? Wofür denn nur? Schotter knirschte unter seinen Füßen, seine bloßen Hände streiften hartes, blattloses Gebüsch. Sein Fuß stieß an etwas Unnachgiebiges, er stolperte, ruderte mit den Armen, fing sich. Kurt konnte kaum etwas erkennen in der Finsternis, aber der Geruch ... der Geruch nach Stein und Stahl, nach Maschine, nach Strom und Kraft ... der war tröstlich.

Einfach hinlegen und warten, nur noch kurz aushalten, dann würde er sie wiedersehen.

Kalt, es war unfassbar kalt. Vielleicht sollte er sich kurz ausruhen. Sich hinlegen, in das vertraute, gemachte Bett. Scheißleben. Aber sein Leben. Sein Kopf schien zu vibrieren. Der Schrei war ohrenbetäubend. Kreischen, Funken – bisschen wie sein Schweißgerät, dachte Kurt. Dann war Frieden.

Nachwort

Du bist am Ende der Reise durch einen kleinen Teil der vielen Facetten von Einsamkeit angelangt - im Buch. Im realen Leben ist die letzte Seite des ungewollten Alleinseins noch lange nicht erreicht. Ganz im Gegenteil, denn sie scheint sich klammheimlich als Seuche der neuen Zeit zu etablieren. Deshalb an dieser Stelle: Geh raus. Sperr lieber Sozialphobie und inneren Schweinehund in den Keller. Quatsch mit der Nachbarin beim Bäcker. Trink an einer Theke ein Bierchen mit Wildfremden. Tritt einem Verein bei. Klapp Laptop zu, steck Smartphone weg, kümmer dich um deine Freunde. Und gib auf dich Acht!